乙女のこころ
報国のころ

睦月影郎

Kagerou Mutsuki

紅文庫

目次

装幀　遠藤智子

乙女のこころ

報国のころ

第一章　過去から来た美女

1

（あれ、何だか月が歪んでるぞ……）

紘夫は大学の帰り、歩いて自分の住むハイツの前まで来ると違和感を覚えて立ち止まった。

見上げると、昇りたての大きな満月が、まるで水面に映っているかのように揺らめき、さらに彼の頭上に白いものが現れたのである。

「な、何だ……？　うわ！」

いきなり何かが出現し、紘夫の方に落ちてきたのだ。

彼は声を上げて倒れ込み、上からのしかかってくるのが、どうやら白いブラウスを着た人間というのが分かった。

「い、いててて……」

「まあ、まだ生きてる。死ねなかった……」

紘夫が呻きながら、懸命に身を起こすと、上にいた女性が息を弾ませ、周囲を見回した。弘夫は彼女が、長い黒髪を後ろで束ねた、眉の濃い凛とした美女であることに気づき、慌てて支え起こした。

「大丈夫？　怪我はない？」

「え、ええ……、早く逃げないと……」

誰かに追われているのか、彼女は急いで立ち上がって言った。どうやら紘夫の身体がクッションとなり、怪我はないようだ。

しかし彼女は立ち止まり、迷ったように左右を見回した。

「ここは、どこ……」

「僕のアパートの前だけど」

「それならば匿って下さい！」

彼女が勢い込んで言うと、甘ったるい匂いが濃厚に漂った。

住宅街の路地裏で、周囲に見ている人はいない。

「と、とにかく落ち着いて、中で説明して」

紘夫は言って鍵を出し、一階の右端にあるドアを開け、彼女を招き入れた。

ドアを内側からロックすると、彼女は安心したように、ボロボロのズック靴を脱ぐと、下はソックスも履かない素足だった。

灯りと暖房を点け、とにかくキッチンの椅子に座らせると、あらためて彼女の出で立ちの異様さに気づいた。

綿の薄汚れたブラウスに、紺色の絣のズボン、いや、それはドラマで見たことのあるモンペというものだ。胸には布の名札があり、見ると『本郷區菊坂町一丁目、B型、吉沢友恵、十九歳』と筆で書かれていた。

しかし彼女、友恵の方も彼以上に周囲の異様さに目を見張っていた。

「あ、あなたは、占領軍の人？　こんなに横文字がいっぱいあって、良い服を着て豪華な部屋に住んで……」

確かにカレンダーも映画のポスターも家具も、英語表記が多い。

「な、何だい、占領軍って……、僕は日本人の宮辺紘夫だよ。ほら、こう書く」

紘夫は言い、学生証を出して見せてやった。

「八紘一宇の紘……、東都大なら兄と同じ……」

わけの分からないことを言いながらも、友恵は少し安心したようだった。

とにかく、かなり疲れているようだから紘夫は急いで湯を沸かし、ティーバックの茶を淹れてやり、風呂にも湯を張っておいた。

本当なら、すぐ警察に報せるべきなのだろうが、彼女は外へ出るのを恐れているようだし、何しろ天から美女が降ってきたのだから、これは神様から、真面目に生きている紘夫への、一足早いクリスマスプレゼントではないのかと良い方へ思ってしまった。

友恵は、カップを両手で押し包むようにして茶を飲んだ。

「腹も空いてるだろう。僕も夕食にするので、一緒に食べよう。そして風呂に入って落ち着いてから、ゆっくり話を聞くからね」

彼は言って冷凍食品を出し、レンジで二人分のグラタンを温め、テーブルで差し向かいになって食事した。

「温かくて美味しい。それに、こんなにピカピカのお匙で食べるなんて……」

友恵が言い、空腹だったらしく、あとは無言でグラタンを口に運んだ。

紘夫も、緊張しながら腹を満たした。

何しろ女性と二人での食事など初めてだし、この部屋に女性が入ったのも初めてのことなのである。

宮辺紘夫は二十二歳の大学四年生、専攻は近代史。実家は長野で、間もなく冬休みに入るので帰郷しようと思っていた。就活はなく、大学の研究室に助手として残るつもりだった。

このハイツはワンルームで、奥の窓際にベッド、手前にパソコンのある机と本棚にテレビ、あとは狭いキッチンとバストイレだ。

シャイなため彼女は出来ず、どうやら大学生のうちに素人童貞を捨てるという願いも叶えられそうになかった。

たった一度だけ、バイト料を貯めて風俗へ行ったが、あまりに味気なく無味無臭で病みつきにはならなかったのだ。

やがて食事を終えて茶を飲むと、風呂が沸いたとアナウンスがあり、友恵がビクリとした。

「女の人の声が……」

「あれは機械の声だよ。他には誰もいない。とにかく風呂に入って落ち着くといい。脱いだものは洗濯機に入れて洗ってあげるから、僕のトランクスとシャツを着るといいよ」

言いながら、本当にこの美女と一夜を過ごせるのだろうかと思うと激しく胸が高鳴ってきた。

それに、どうもただの家出人とかではなく、謎めいた雰囲気に彼は魅せられはじめていたのだった。

「ええ……」

友恵は茶を飲み干して答えたが、みるみる力が抜けてしまい、そのままテーブルに突っ伏して眠りはじめてしまった。

「お、おいおい……」

紘夫は言いながらも彼女を抱き起こし、甘ったるく濃厚な汗の匂いで鼻腔(びくう)を刺激されながら、背後からブラウスのボタンを外しはじめてやった。

ボタンを全て外すと、裾(すそ)をモンペのウエストから引っ張り出してブラウスを脱がせた。

下は肩紐(かたひも)のあるシュミーズというもので、その中にブラはしていない。

シュミーズも引っ張り出して上半身を露わにさせると、さらに濃厚な汗の匂いが感じられた。背後から密着しているので、あまり艶のない髪からも汗の匂いが漂っていた。

肩越しに覗き込むと、乳房は張りがあって形良く、乳首も乳輪も初々しく清らかな桜色をして、いつしか紘夫は激しく勃起していた。

さらにベルト代わりの腰紐を解き、モンペを下ろしながら背後から抱えて立たせると、彼女も朦朧としながらノロノロと進んだ。

紘夫は脱衣所ではなく、まず彼女をベッドに移動させて横たえ、完全にモンペを両足首から引き抜いた。

残るはあと一枚だ。これも綿でブルマーのように膨らみのある下着、ズロースと呼ばれるものではないだろうか。

興奮と緊張に震える指で、そろそろと下ろし、腰を浮かせて脱がせた。

尻の丸みを通過すると、あとは楽に脱がせることが出来、両足首からスッポリと引き抜いた。

十九歳の全裸の美女が、何も知らずに乳房を息づかせ、軽やかな寝息を立てている。全身は均整が取れ、小麦色の肌は健康そうで、太腿もムッチリと引き締まっていた。

見ると腋の下には和毛が覗き、脛にもまばらな体毛があり、何とも色っぽく野趣溢れる魅力が感じられた。恐らくケアなどせず、自然のままに生きてきた感じである。

そして全身から、今まで服の内に籠もっていた熱気が、何とも甘い匂いを含んで立ち昇り、彼の鼻腔を悩ましく刺激してきた。

堪らずに腕を差し上げ、生ぬるく湿った腋毛に鼻を埋め込んで嗅いでしまった。腋には濃厚に甘ったるい、ミルクに似た汗の匂いが籠もって胸を満たし、その刺激が勃起したペニスに伝わってきた。

（ああ、ナマの女の匂い……）

紘夫は、風俗嬢では感じられなかった体臭に興奮を高め、この匂いだけでオナニーしてしまおうかと思った。

しかし、あっという間に済ませるには、あまりに惜しく友恵は美しい。

彼は乳首にそっと舌を這わせ、友恵の寝息に乱れがないか注意しながら、さらに肌のあちこちを舐め、とうとう足の指にも鼻を埋めてしまった。

素足でズック靴を履いていたから、指の股は汗と脂にジットリ湿り、蒸れた匂いが濃く沁み付いていた。

紘夫は両足とも充分に嗅ぎ、彼女が深い睡りに落ちていることを確認しながら、そろそろと股を開かせ、腹這いになってムッチリとした白い内腿を舐め、股間の中心部に顔を迫らせていった。

見ると、ぷっくりした丘には楚々とした若草が茂り、割れ目からはみ出す花びらは綺麗なピンク色をしていた。

そっと指を当てて陰唇を左右に広げると、中の柔肉もピンク色で、膣口が花弁状に襞を入り組ませて息づき、ポツンとした小さな尿道口も確認でき、包皮の下からは真珠色の光沢を放つクリトリスが、小指の先ほどの大きさでツンと突き立っていた。

もう堪らず、彼は熱気と湿り気の籠もる股間に顔を埋め込んでいった。

2

（ああ、なんていい匂い……）

紘夫は、柔らかな茂みの隅々に籠もる匂いを貪って感激に包まれた。

それは腋に似た濃厚に甘ったるい汗の匂いが大部分で、それにオシッコの匂いも混じって悩ましく鼻腔を刺激してきた。

やはり湯上がりの匂いしかしない風俗嬢とはわけが違う。

友恵の匂いは必ずしも芳香とは言えないが、それが返ってナマの興奮を与えられ、美しく整った顔立ちとのギャップ萌えになって、何やら美女の秘密を握ったような気になった。

嗅いで胸を満たしながら陰唇の内側に舌を挿し入れ、膣口の襞をクチュクチュと掻き回したが、それほど味は感じられない。

柔肉をたどってクリトリスまで舐め上げていくと、

「あ……」

友恵が微かに声を洩らし、ビクリと内腿を震わせた。

思わず舌を引っ込め、身を硬くしながら様子を見たが、すぐに友恵の強ばりも和らぎ、寝息も平静に戻っていった。

再び、そろそろと割れ目を舐めると、いつしか淡い酸味のヌメリが溢れ、舌の動きが滑らかになってきたではないか。

（感じて濡れている……）

紘夫は思い、恐る恐るクリトリスを舐めるうち友恵の息遣いも、眠ったまま荒くなってきた。時にムッチリと内腿で彼の両頬を挟み、白い下腹をヒクヒク波打たせはじめた。

やがて彼女は少しもじっとしていられないほど腰をくねらせ、大量の愛液を漏らしていた。

（でも、これ以上すると目を覚ますだろうな……）

紘夫も、美女の味と匂いを心ゆくまで堪能すると、そっと股間から顔を引き離した。

すると友恵も、刺激から解放されたようにゴロリと横向きになり、股間を庇うように身体を丸めた。

紘夫は彼女の後ろに回り、突き出された白く丸い尻に迫った。谷間を指でグイッと広げると、可憐な薄桃色の蕾がひっそり閉じられていた。

鼻を埋め込むと、顔中に弾力ある双丘が心地よく密着し、蕾に籠もって蒸れる汗の匂いに混じり、ほのかなビネガー臭が鼻腔を刺激してきた。

彼は美女の生々しい匂いを貪り、舌を這わせて襞を濡らすと、ヌルッと潜り込ませて滑らかな粘膜を探った。

「く……」

眠りながらも友恵が呻き、キュッと肛門で彼の舌先を締め付けてきた。

紘夫は中で舌を蠢かせ、甘苦いような微妙な味覚を味わいながら、出し入れさせるように動かした。

「アア……、ダメ……」

友恵が寝言のように喘ぎ、尻を庇うように再びゴロリと仰向けになった。

彼が尻から顔を引き離すと、何と友恵は眠りながら無意識に自分の指でクリトリスをいじりはじめたのである。

やはり、十九ともなれば自分で慰めることもあるのだろう。

彼女は眠りながらも舐められて、すっかり快感が高まってきたようだ。

紘夫も我慢できなくなり、ズボンと下着を脱ぎ去ってピンピンに勃起したペニスを露わにさせた。

そして添い寝し、自らしごきながら喘ぐ彼女の唇に迫った。

化粧気のない、形良い唇が開かれ、ぬらりと光沢ある綺麗な歯並びが覗いていた。

その間から熱く吐き出される息は湿り気を含み、何とも濃厚に甘酸っぱい匂いが含まれていた。

そっと唇を触れ合わせると、風俗嬢と形ばかり軽くキスしたときの何百倍もの感激が得られた。柔らかな弾力と、ほのかな唾液の湿り気が伝わり、果実臭の吐息に混じり、唇で乾いた唾液の香りも鼻腔を掻き回してきた。

（い、いきそう……）

彼はそっと舌を挿し入れ、滑らかな歯並びをたどりながら右手の動きを速くさせた。

すると先に、クリトリスをいじっている友恵が声を上げ、ガクガクと狂おしいオルガスムスらしい痙攣を開始したのである。

「アア……、いい気持ち……！」

友恵が熱く喘ぎ、彼も続いて、甘酸っぱい吐息を嗅ぎながら大きな絶頂の快感に貫かれてしまった。

「く……！」

呻きながら、熱い大量のザーメンをドクンドクンと彼女の内腿にほとばしらせ、さらに先端を肌に擦り付けた。これから入浴だから、少々汚しても構わないだろう。

「ああ……」

友恵も気が済んだように声を洩らし、肌の強ばりを解いてグッタリと身を投げ出していった。紘夫も最後の一滴まで出し尽くし、荒い呼吸を繰り返しながらオナニーを止め、彼女に密着しながら余韻に浸り込んだ。

息遣いを整え、そろそろと身を起こすと、友恵は再び規則正しい寝息を立てていた。紘夫は、一応枕元のティッシュで指とペニスを拭い、ザーメンに濡れた彼女の内腿も綺麗にしてやった。

そして自分はベッドを降りて一応身繕いし、全裸の彼女に布団を掛けてやると、間もなく友恵が目を覚ましたのだ。

「あ……、ここは……」

ハッと身を起こし、慌てて布団で胸を隠した。

「あ、よく眠っていたからね、あとで風呂へ入れようと思って脱がせてしまったんだ。ごめんよ」

彼は言ったが、友恵は怒っている様子もない。

「紘夫さん、だったわね……。こんな気持ち良い寝台で寝たの初めて……」

彼女が言い、快楽の余韻に気づいたようだ。

「私、眠りながら何かした……？」

「いや、ろくに見ていなかったから分からないよ」

紘夫が言うと、友恵も少し安心したようだ。どうやら今までにも、眠りながら無意識に自慰することがあったのだろう。

「とにかく、風呂に入るといいよ」

彼は言い、友恵の脱いだものを全て抱えて脱衣所に行った。

そして名残（なごり）惜しげに、ブラウスやズロースに染み付いた濃厚な匂いを嗅いでから洗濯機に入れ、洗剤を入れてスイッチを入れた。これで明朝干せば良いだろう。

さらに洗濯済みのトランクスとTシャツ、ジャージ上下も出しておき、バスタオルを持って戻った。

すると彼女も受け取ったバスタオルで身体の前面を隠してベッドを降り、案内されるままバスルームに入った。

「なんて明るい……、このお風呂は薪(たきぎ)で……？」

「いや、電気だよ。シャワーの使い方、分かるかな。シャンプーやボディソープはそこに」

「何のことか分からないわ……」

友恵が途方に暮れているので、

「一緒に入っていいなら」

と紘夫は言い、自分も手早く全裸になって一緒にバスルームに入った。シャワーの湯を出し、彼女を椅子(いす)に座らせた。

湯温を確かめてから彼女の背にシャワーの湯を掛け、スポンジにボディソープを沁み込ませて背中を流してやった。

「て、帝大生に三助をしてもらうなんて……、でも、いい気持ち……」

また彼女はわけの分からないことを呟いたが、あとで調べると、三助は昔の銭湯に勤めていた、客の背中を流す役の人のようだ。

背中は多少の垢が出たが、すぐに瑞々しく滑らかな肌になっていった。

友恵は髪を束ねていた紐を解き、サラリと垂らしたので湯を掛け、シャンプーで洗ってやった。シャンプーブラシのトゲトゲで頭皮を擦ってやると、

「いい気持ち、それに良い香り……」

友恵は、何を見たり触れたりしても新鮮な驚きを表した。

(まさか、この時代の人じゃないのかも……)

紘夫は薄々そのように感じながら、背の半ば程まである髪を梳くように擦って洗い流してやった。

3

「歯も磨くといいよ」

さらに洗面所にあった、旅行用の予備の歯ブラシを出してやり、歯磨き粉を付けて渡すと、彼女も素直に磨きはじめた。

そして磨き終えるとシャワーの湯で口をすすぎ、スポンジを渡すと自分で身体の前を擦り、股間から足指の間まで念入りに洗った。

その間に彼は自分も身体を流してから先に湯に浸かり、友恵が使った歯ブラシで手早く歯を磨いた。

もちろん湯に濡れた友恵の肌を後ろから見て、さっき射精したばかりのペニスはすっかり湯の中で激しく回復していた。

やがて友恵も洗い終えたようなので、彼は湯から上がってシャワーを止めてやった。

「じゃゆっくり浸かるといいよ。湯の中で眠らないようにね。男物だけど、下着と服を置いておくから」

「有難う……」

言うと彼女は答え、胸と股間を隠しながら立ち上がってバスタブに入った。

紘夫は、歯ブラシと彼女の髪を留めていたボロボロの紐を持って脱衣所に出ると、身体を拭いて身繕いした。

キッチンに戻って紅茶の用意をし、冷蔵庫にあったプリンも出しておいた。

彼女があまりに長く浸かっているようなので心配して見にいくと、ちょうど上がったようだ。

待っていると、小柄な紘夫とそう変わらない体型の友恵は、青いジャージ上下で、長い髪を拭きながら出てきた。

「待って、拭いてあげる」

彼女を椅子に座らせてタオルで長い髪を拭いてやり、さらにドライヤーを掛けてやると、

「ひい……！」

友恵がビクリと肩をすくめて息を呑んだ。

「大丈夫。温かな風で髪を乾かすだけだから」

「こんな贅沢な機械まで……、なんてお金持ちなの……」

友恵は言いながらも、次第に温風が心地よくなったように椅子にもたれ、じ

っとされるままになっていた。

髪が乾くと、彼は紅茶を淹れ、プリンを出してやり、再びテーブルに差し向かいになった。

「さあ、食べながら色々話して欲しい」

「これは何、西洋の豆腐（とうふ）？」

友恵が言い、そっとスプーンに取って口にすると、

「甘いわ……、信じられない……」

彼女は湯上がりの上気（じょうき）した顔で言い、噛（か）み締めるように食べはじめた。

「どこから来たの？　名札には菊坂町とあったけど」

「菊坂には帰れないわ。逃げてきたのだから。ここはどこ」

「本郷の真砂（まさご）町だけど、念のため、友恵さんの生年月日を教えて」

「昭和（しょうわ）二年の五月十日……」

「しょ……、では、やっぱり……」

紘夫は目を丸くし、気を落ち着けようと紅茶をすすった。

「その、逃げてきたというのは何年何月のこと？」

「五年の十二月よ」

「ご、五年って？」

「皇紀二千六百五年、昭和二十年の師走」

友恵が、不思議そうな顔をしている紘夫に怪訝な目を向けて答えた。

彼はティーカップを持って机に移動し、パソコンのスイッチを入れた。

「生い立ちからいろいろ自己紹介してみて」

「私の家は深川にあって、父は工場に勤めていたわ。私は女学校を出て、すぐ三月の空襲で家を焼かれ、両親とも亡くしたわ。行くところもないので、女学校時代の先生の家のある菊坂に来て、近くの女学校で校庭の畑を手伝いながら本土決戦に備えて女学生たちに薙刀と竹槍を教えていたの」

友恵が言う。どうやら彼女は薙刀を長く修行し、友恵という名から、昭和の巴御前と渾名されていたらしい。

「そ、それで……？」

「でも終戦になり、途方に暮れて先生の家に居候していたわ」

終戦直後では働き口もなかったのだろう。

「そうしたら、先生が私や女学生たちに話を持って来たの。占領軍のため、大森に小町園という慰安所が出来るというので皆で行こうって」

「慰安所……」

「米兵の犯罪から女たちを守るため、楯となって身を捧げるのもお国のためだって、もうお国なんてないのに……」

「そう……」

素人女性たちが、米兵の性欲処理に当たるよう要請されるとは、どうやら大変な時代だったようだ。確かに検索すると、小町園その他の慰安所の情報を見ることが出来た。

してみると、七十五年前の昭和二十年なら、友恵は満十八歳の筈だから、名札には数え歳が書かれていたのだろう。

「お兄さんがいると聞いていたけど」

「ええ、兄は中学（旧制）を出て第一高等学校から帝大に行ったけど、海軍の予備学生に志願したわ。そして南方に」

友恵が言う。これも調べてみると、当時の学生は、陸軍の徴兵を受けるより、少しでも飯の良いらしくスマートな海軍を志願することが多かったらしい。まあ、そのぶん死ぬ確率も増えるのだが。

そして短期間の訓練を経て見習士官となり、予備学生たちは各方面へ送られたようだ。

「兄は大正十四年の元日生まれ、丑年なので、丑男と言うわ。潮に通じるから行くなら海軍だって言っていたの。戦死の報せもなかったから、家は焼けても深川を離れたくなかったけど、もう帰ってくる望みは薄いわ」

「そう、それで慰安所へ行く決意を……？」

「でも、やはり米兵の慰みものになるぐらいならと、行く前夜に逃げ出して、廃ビルに駆け上って三階から飛び降りたわ」

その瞬間、時空の歪みに嵌まり込んで紘夫の上に落下してきたようだ。

七十五年の間には地形や高低も変わり、大した高さではなかったから、互いに怪我もしなかったのだろう。

「うん、大体分かったよ。信じられない話だけれど……」

「全部本当のことよ。それより、紘夫さんのことを聞かせて。どうして学生の身なのに、この時代にこんな裕福な暮らしが出来るのか」

「それは、この時代というのが違うんだよ……」

紘夫は冷えかけた紅茶を飲み干し、彼女に向き直った。友恵も綺麗にプリンを片付け、紅茶を飲んでいた。

「今、この世界は令和二年と言ってね、西暦だと二〇二〇年の十二月、終戦の年から七十五年も経っているんだよ」

「え？　どういうことです……」

友恵が、気の強そうな眼差しで彼を見つめて言った。

「飛び降りた瞬間、友恵さんは時の流れを越えて、七十五年後の世界に来てしまったんだ」

「う、浦島太郎みたいに……？」

友恵は言い、思わず老けていないかどうか自分の頬に触れた。もっとも洗面所の鏡で自分の顔は確認しているだろう。

「では、もう先生も、生きていたとしても兄にも会えず、知り合いが一人もいないところへ来てしまったのね……」

「ああ、でも縁あって僕と知り合ったのだからね、今後のことは二人で考えたい。あの頃より、ずっと自由な世界だから楽しいことも見つかるよ」

友恵は、例え戻れるとしてもあの時代には帰りたくないだろう。

「ええ……、本当にお世話になって良いのですか……」

「うん、任せて。すぐこの時代にも慣れるよ。じゃ、戦後のあれこれをざっと説明しようか」

紘夫は言い、あまり多く詰めすぎても良くないので、大まかな戦後の流れを語ってやった。

「じゃ、もう戦争はないのね。空襲警報に怯えることも……」

「ああ、何度も危機はあったけど、ずっと平和が続いてるよ。女性の仕事も多いし、相談に乗ってくれる人もいる」

彼は言いながら、近代史の講師である白石香織の顔を思い浮かべた。香織は独身の二十九歳で、実は紘夫は彼女にほのかな思いを寄せ、それで大学に残る決意をしたぐらいである。

それに友恵のことは、自分だけで抱えるにはあまりに重すぎる事実なので、頭の良い香織なら分かってくれるだろう。それに友恵の服や下着を買う相談にも乗ってもらいたかった。

「何だか、夢を見ているようだわ……」

「それは僕も同じだよ。とにかく、もう十時を回ったから今夜は寝よう」

紘夫は言い、ほのかな期待に胸を高鳴らせた。

「あの、ご不浄を……」

「ああ、さっきの脱衣所の隣」

友恵が言うので案内してやり、トイレの灯りを点けてやった。

「こ、これは、どう使えば……」

「そうか、洋式は初めてか」

「これが洋式……。兄が、練習艦のご不浄が洋式で分からなかったって手紙に書いてあったわ……」

紘夫は座る向きを言い、済んだらコックを捻ることを教えた。シャワートイレも付いているが、それは追い追いで良いだろう。

とにかく紘夫は彼女にベッドを譲るとして、自分は床に寝ることにした。

4

「あの、床に寝るんですか。一緒の寝台で構いません」

トイレから戻った友恵が言い、ジャージ上下を脱ぎ、ぐでたま柄のＴシャツとチェックのトランクス姿になった。

「い、いいの……？」

「はい、一度死んだ身ですし、米兵に初物を奪われるくらいなら、ご縁ある紘夫さんに捧げます……」

友恵が、やや緊張気味に俯(うつむ)いて言った。

別に世話になる礼というのではなく、彼との運命を感じている以上に、元々性への好奇心も旺盛だったのだろう。だから、眠りながらも自慰してしまうほど肉体も成熟しているのだ。そしてさっきの、眠りながらの絶頂の余韻も彼女の中にくすぶっているのかも知れない。

当時の十八歳は、今よりずっと大人びて二十歳以上に見え、だから彼も友恵に対し、美少女ではなく美女というイメージを抱いていたのだ。

それなのに、当然ながら友恵はまだ処女のようである。

紘夫も灯りをベッドの枕元だけにし、服を脱ぎ去った。

友恵はＴシャツとトランクスも脱ぎ、一糸まとわぬ姿になってベッドに横たわった。

「突撃一番(とつげきいちばん)がなくても構いません。妊娠は、神様が決めることですから」

「と、とつ……？」

「衛生サックのことです」

友恵が答える。どうやら敵性語が禁止の戦時中は、コンドームをそう呼んでいたらしい。

とにかくナマの中出しで良いようだ。

もちろん不安はあるが、時代が違うから大丈夫ではないかと、彼も絶大な性欲に押されてそう思ってしまった。もし妊娠したら、これも運命だから結婚しても良いとさえ思えた。

全裸で横たわると、友恵がすっかり覚悟を決めたように身を投げ出した。

もうさっきのように、眠りを覚まさぬよう恐る恐る触れなくて良い。

彼は仰向けになり目を閉じている友恵にのしかかり、上からそっと唇を重ねていった。

「ウ……」

彼女が小さく呻き、ビクリと肌を強ばらせた。眠っている間のキスは知らないから、これがファーストキスと意識したのだろう。

紘夫は再び、柔らかな感触を味わい、熱い息を混じらせて舌を挿し入れていった。

舌先で滑らかな歯並びを左右にたどると、友恵も怖（お）ず怖ずと歯を開いて侵入を許し、彼は奥に潜り込ませて舌をからめた。

無垢（むく）な美女の舌は生温かな唾液に濡れて滑らかに蠢き、さっきのプリンが残っているかのように淡い甘味が感じられた。

次第に友恵も、好奇心と欲望を前面に出してきたように、チロチロと艶（なま）めかしく蠢かせてきた。もともとは武道をするだけあり、積極的で勝ち気な性格なのだろう。

紘夫も興奮を高め、舌をからめながらそろそろと乳房に触れ、指の腹でコリコリと硬くなっている乳首をいじった。

「アア……」

友恵が口を離し、熱く喘いだ。口から漂う吐息は、甘酸っぱい匂いが薄れ、歯磨きのハッカ臭が微かに混じっていた。

さっきの濃厚な匂いの方が好きだったが、贅沢は言えない。

彼は首筋を舐め降り、チュッと乳首に吸い付いて舌で転がした。

「あう……、いい気持ち……」

友恵がビクリと肌を緊張させて呻き、クネクネと悶えはじめた。

紘夫は顔中を柔らかな膨らみに押し付け、感触を味わいながら左右の乳首を交互に含んで舐め回した。

彼女は少しもじっとしていられないように悶え、熱く息を弾ませた。

眠りながら得た感覚で、すっかり下地も出来上がっているのだろう。

両の乳首を充分に味わうと、彼は友恵の腕を差し上げ、腋の下に鼻を埋め込んでいった。

やはり濃かった汗の匂いは薄れ、湯上がりの香りの方が感じられたが、生ぬるく湿った腋毛の感触が実に色っぽかった。

「く……」

友恵はくすぐったそうに呻き、身を強ばらせた。彼は脇腹を舐め降り、腹の真ん中に移動して形良い臍を舌先で探った。

下腹はピンと張り詰め、顔を埋めると心地よい弾力が返り、さらに彼は腰のラインから脚を舐め降りていった。

逞しく引き締まった脚をたどって体毛のある脛を舐め、足首まで下りて足裏に回り込み、踵から土踏まずを舐めた。

縮こまった指の股に鼻を割り込ませて嗅いだが、もう蒸れた匂い、汗と脂の湿り気もなかった。そして爪先にしゃぶり付き、順々に指の間に舌を挿し入れていくと、

「あう、何するんですか、汚いのに……！」

友恵が咎めるように言ったが、それでも未知の刺激に朦朧となり、激しく拒むことはしなかった。

紘夫は、さっきの濃かった匂いのする指をしゃぶりたかったが、両の爪先を味わい、股を開かせて脚の内側を舐め上げ、股間に迫っていった。

白くムッチリした内腿をたどり、熱気と湿り気の籠もる割れ目に迫ると、はみ出した陰唇はネットリと新鮮な蜜に潤っていた。

顔を埋め、柔らかな恥毛に鼻を擦りつけて嗅いでも、残念ながら湯上がりの匂いがするだけで、ほんのりさっきトイレに行ったときの残尿臭が鼻腔をくすぐってきた。

舌を挿し入れると、ヌルリとした淡い酸味の愛液が迎えてくれた。

「く……、ダメ、そんなこと……」

クリトリスまで舐め上げると、友恵が内腿で彼の顔をキュッときつく締め付けながら呻いた。あるいは戦時中の男女は、丁寧に舐めることなくすぐ挿入するのかも知れない。

チロチロと舌先で小刻みにクリトリスを弾くと、

「も、もう堪忍……、変になりそう……」

ゾクゾクと絶頂を迫らせたように友恵が嫌々をし、新たな愛液を漏らした。

さらに彼は友恵の両脚を浮かせ、尻の谷間に顔を埋めた。

やはりピンクの蕾に籠もっていた匂いは消え去り、それでも舐め回してヌルッと潜り込ませると、

「あう……！」

彼女が呻き、モグモグと肛門で舌先を締め付けてきた。

粘膜を味わい、ようやく脚を下ろして再び割れ目を舐めると、

「ど、どうか、お願いします。来て……」

友恵が哀願するように言った。

もちろん戦時下でも、女同士で話し合い、男女がどんな行為をするかぐらい熟知しているだろう。

紘夫も我慢できなくなり、身を起こして股間を進めた。

さっき射精したばかりだが、それはオナニーに等しいものだったし、彼は日に二度三度と射精しなければ治まらないほど性欲が強いのだ。

急角度にそそり立った幹に指を添えて下向きにさせ、先端を割れ目に押し当てると、ヌメリを与えるように擦りつけながら位置を定めた。

彼女も、すっかり覚悟を決めて目を閉じ、股を開いて荒い呼吸を繰り返していた。

いよいよ素人童貞を捨てるときが来て、紘夫は息を詰めてグイッと押し込んでいった。張り詰めた亀頭が潜り込むと、処女膜が丸く押し広がる感触が伝わり、そのままヌルヌルッと奥まで貫(つらぬ)いた。

「あう……」

友恵が眉をひそめ、破瓜(はか)の痛みに呻いた。

しかし潤いが充分なので、彼自身は肉襞の摩擦と締め付けを受けながら、滑らかに根元まで嵌まり込んだ。

熱いほどの温(ぬく)もりときつい感触を味わい、彼は股間を密着させて両脚を伸ばし、身を重ねていった。

「ああ……、嬉しい……」

友恵が呟き、下から両手を回してしがみついてきた。

彼の胸の下で乳房が押し潰(つぶ)れて心地よく弾み、柔らかな恥毛が擦れ合い、コリコリする恥骨の膨らみまで伝わってきた。

紘夫が、様子を見ながら徐々に腰を突き動かすと、

「アア……！」

友恵が喘いだが、愛液のヌメリで次第に律動は滑らかになっていった。

5

「大丈夫？　痛ければ止すからね」

「平気です。指よりずっと気持ちいい……。どうか最後まで……」

気遣って囁くと、友恵が健気に答え、熱っぽい眼差しで彼を見上げてきた。

どうやらクリトリスへのオナニーだけでなく、二本ぐらいの指の挿入は経験していたようだ。

滑らかに動いているうち、紘夫もあまりの快感で腰が止まらなくなり、いつしか股間をぶつけるほど激しく動いていた。

そして絶頂を迫らせながら、上からピッタリと唇を重ねると、

「ンン……！」

友恵も挿し入れた舌に吸い付きながら、熱く鼻を鳴らした。

もう我慢できず、紘夫は美女の甘酸っぱい息を嗅ぎながら、肉襞の摩擦の中で昇り詰めてしまった。

「く……！」

突き上がる大きな絶頂に呻き、彼はありったけの熱いザーメンをドクンドクンと柔肉の奥にほとばしらせ、奥深い部分を勢いよく直撃した。

「あ、熱いわ……」

噴出を感じた友恵が声を洩らし、まるで飲み込むようにキュッキュッときつく締め付けてきた。

「ああ、気持ちいい……」

紘夫は、いま初めて童貞を捨てたような感激と快感に包まれて口走り、心置きなく最後の一滴まで出し尽くしてしまった。

すっかり満足しながら徐々に動きを弱めていくと、

「アア……」

友恵も声を洩らし、肌の硬直を解いてグッタリと身を投げ出していた。

彼は遠慮なくのしかかり、まだ息づく膣内に刺激され、過敏になった幹をヒクヒク跳ね上げた。

そして、美女のかぐわしい吐息を胸いっぱいに嗅ぎながら、うっとりと快感の余韻を味わったのだった……。

——翌朝、まだ薄暗いうちに紘夫が目を覚ますと、隣では友恵が無心に寝息を立てていた。

（ああ、夢じゃなかったんだ……）

彼は思い、布団の中で伝わる友恵の肌の温もりを愛しく思った。

昨夜、済ませてからティッシュで処理しただけで、シャワーも浴びずそのまま全裸で布団を掛けて眠ってしまったのだ。

友恵はほんの少しだけ出血していたが、すでに止まっており、それほど痛々しい感じもなく、もちろん彼女も後悔した様子はなかった。

紘夫は朝立ちの勢いも手伝い、またムラムラと淫気を湧かせてしまった。

何しろ日頃一人のオナニーですら何度も連続して抜くのだし、今はとびきり美しくミステリアスな美女がいるのだから無理もない。

するると友恵も目を覚まし、横から密着してきた。

「起きた？」

「ええ、色んな夢を見ていました。兄のことや、慰安所のことや、空襲の頃のことまで……」

訊くと、友恵がかすれた声で答えた。一夜で口中も乾き、寝起きの吐息が濃厚になり、その果実臭の刺激が鼻腔からペニスに伝わってきた。

紘夫は布団の中で、彼女の手を握ってペニスに導いた。

すると友恵も、柔らかく汗ばんだ掌に包み込み、好奇心からニギニギと動かしはじめてくれた。

「これが入ったのですね……」

「うん、もっと強くいじって。すごく気持ちいい……」

言うと、彼女も愛撫の動きをやや強めてくれた。

紘夫は唇を重ねて舌をからめ、さらに友恵のかぐわしい口に鼻を押し込んで甘酸っぱい吐息を嗅いだ。

「しゃぶって……」

言うと彼女も鼻の穴にチロチロと舌を這わせてくれ、息の匂いに唾液の香りが混じって鼻腔が刺激された。

舌が蠢くとペニスへの愛撫が疎かになり、幹をヒクつかせると、また指を動かしてくれた。

「ああ、いきそう……」

「出そうですか」

「うん、でも立て続けに入れるのは酷だからね、このまま指でいいよ」

「お口で良ければ、私は構いません……」

「わあ、いいの……？」

友恵の言葉に、彼は嬉々として答えた。恐らく女学校時代のませた娘から、そうした愛撫も聞いていたのかも知れない。

彼が仰向けになって脚を開くと、友恵は布団を剥いで身を起こし、彼の股間に腹這い、顔を寄せてきてくれた。

「こうなっているのね……」

友恵は熱い視線を注いで呟き、張り詰めた亀頭から幹に触れ、陰嚢(いんのう)もいじって二つの睾丸を確認すると、袋をつまみ上げて肛門の方まで覗き込んできた。

すると彼女は意外にも、紘夫の両脚を浮かせ、自分がされたように尻の谷間を舐めてくれたのである。

「あう……、いいよ、そんなこと……」

チロチロと肛門に舌が這い、ヌルッと潜り込んでくると、彼は呻きながら、申し訳ない快感を覚えて言った。

友恵は構わず内部で舌を蠢かせ、熱い鼻息で陰嚢をくすぐった。

ようやく脚が下ろされると、彼女は舌を移動させて陰嚢を舐め回し、舌で睾丸を転がし、袋全体を生温かな唾液にまみれさせてくれた。

そして身を乗り出し、いよいよ肉棒の裏側を舐め上げてきた。

長い黒髪がサラリと股間を覆(おお)い、内部に熱い息が籠もった。

彼女は先端まで来ると幹に指を添え、粘液が滲(にじ)んでいるのも厭(いと)わず尿道口を舐め回し、張り詰めた亀頭をくわえ込んだ。

そのままスッポリと喉の奥まで呑み込むと、幹を口で丸く締め付けて吸い、熱い鼻息で恥毛をそよがせながら、口の中ではクチュクチュと舌をからめてくれた。

「ああ、気持ちいい……」

紘夫は快感に喘ぎ、清らかな唾液にまみれたペニスをヒクヒク震わせた。

快感に任せ、思わずズンズンと小刻みに股間を突き上げると、

「ンン……」

喉の奥を突かれた友恵が小さく呻き、自分も顔を上下させ、濡れた口でスポスポと強烈な摩擦を繰り返した。

「い、いきそう……」

急激に絶頂を迫らせた彼が、警告を発するように言っても友恵は濃厚な愛撫を続行してくれた。

もう限界である。彼はまるで全身が縮小し、美女のかぐわしい口に含まれて舌で転がされ、唾液にまみれているような心地で、そのまま激しく昇り詰めてしまった。

「いく……、アアッ……！」

喘ぎながら、熱い大量のザーメンがドクンドクンと勢いよくほとばしった。

「ク……」

喉の奥を直撃され、噎せそうになって呻きながらも友恵は摩擦と吸引、舌の蠢きを続けてくれた。

美女の清潔な口に心置きなく射精するという、禁断の快感に身悶えながら、彼は最後の一滴まで絞り尽くしてしまった。

「ああ……」

満足しながら声を洩らし、グッタリと四肢を投げ出すと彼女も愛撫を止め、亀頭を含んだまま口に溜まったザーメンをゴクリと飲み干してくれたのだ。

嚥下とともに口腔がキュッと締まり、彼は駄目押しの快感にピクンと幹を震わせた。

ようやく友恵がスポンと口を引き離し、なおも余りをしごくように幹を擦りながら、尿道口に脹らむ白濁の雫まで丁寧に舐め取って綺麗にしてくれた。

「あうう……、も、もういいよ、有難う……」

彼は射精直後で過敏になった幹をヒクヒク震わせながら言い、降参するように腰をよじった。

　すると彼女も顔を上げ、チロリと舌なめずりして添い寝してきた。

　紘夫は甘えるように腕枕してもらい、いつまでも動悸が治まらないまま胸に抱かれ、荒い息遣いを繰り返した。

　そして友恵の吐息を間近に嗅ぎながら、うっとりと余韻を味わった。

　彼女の口にザーメンの生臭さは残っておらず、さっきと同じ甘酸っぱい果実臭がしていた。

「不味くなかった……？」

「ええ、紘夫さんの生きた子種だから、嬉しいです」

　友恵が答え、彼の呼吸が整うまで胸に抱き、優しく髪を撫でてくれた。

　考えてみれば、見た目は十八歳の美女でも、実際は彼の曾祖母ぐらいの年齢である。

「さあ、じゃそろそろ起きて、シャワーを浴びて朝食にしようか」

　紘夫が言い、カーテンを開けるとすっかり外も明るくなっていた。

　全裸で移動してバスルームでシャワーを浴び、身体を拭いて身繕いをした。

洗濯の済んでいるものを出して干し、そしてまた冷凍物の炒飯をチンして、インスタントわかめスープと茶を淹れて朝食を済ませた。

「服とかも買ってあげたいけど、少し待ってね」

「ええ、外には出たくないので、本を読ませてもらいます」

「うん、僕は大学に行くので留守番していてね」

紘夫が言うと、友恵も素直に頷いたのだった。

第二章　メガネ美女の淫惑

1

「あの、実は相談があるんですけど……」

紘夫は、学生食堂で昼食を終えてから、講師の白石香織を近代史の研究室で見つけて声を掛けた。

もう卒論も済んでいるし、講義もないので彼は昼近くまで、友恵を相手に戦後の歴史をおさらいしていた。

一緒に居るとついムラムラと淫気が湧いて勃起してしまうが、あまりに友恵が熱心に勉強しているので淫らな行為が憚(はばか)られ、まあ夜にすれば良いだろうと我慢したのである。

友恵は外に出るのが恐いらしいし、近代史に関する読書に夢中なので、昼食のパンとサラダ、牛乳だけ用意して留守番を頼み、紘夫は昼前に出てきたのだった。

自分のスマホは持っているが、部屋に電話はない。帰宅するまで友恵と連絡は取れないが大丈夫だろう。

そして彼は緊張しながら香織に話しかけた。

以前から憧れの年上女性、メガネ美女で清楚、図書委員のような真面目な雰囲気があり、彼は何度となく妄想オナニーではお世話になっていた。

二十九歳だから処女ということはないだろうが、今のところ付き合っていそうな男の気配はなく、紘夫が大学に残ることにも熱心に相談に乗ってくれていたのだ。

「ええ、いいわ。何？　助手になる話？」

「いえ、プライベートなことで秘密の話なんです」

「まあ、興味あるわね。他言無用ということ？」

香織が、レンズの奥から切れ長の眼で彼を見て答えた。

「ええ、かなり入り組んだ話なのですけど、きっと先生も関心があると思いますので」

「人に聞かれたくないなら、一緒に来て。これを運んで欲しいの」

香織は言い、書類や本の入った紙袋を二つ出してきた。間もなく冬休みなので、私物を持ち帰るのだろう。

それを両手に抱えて研究室を出ると、香織もバッグを持って学舎の外にある駐車場に行った。開けてくれた後部座席に荷物を入れ、彼は言われるまま助手席に乗り込んだ。

どうやら彼女の住まいに行くらしい。

紘夫は、さらなる緊張と興奮を覚えた。友恵のおかげで香織と話す話題が出来、しかも家にまで行けるのである。

香織が運転席に乗り込むと、ふんわりと甘い匂いが漂った。

彼女はエンジンを掛けて軽やかにスタートし、やがて十分ほど走ってマンションの駐車場に入れた。

荷物を持って降り、案内されるままエレベーターで八階まで上がり、初めて彼女の私室に入ることが出来たのだった。

マンションは３ＬＤＫか。広いリビングにキッチン、あとは寝室と勉強部屋に書庫のようだ。男が訪ねて来ているような雰囲気はない。

夥しい書物の並んだ書庫に荷を置くと、香織がコーヒーを淹れてくれ、リビングのソファに差し向かいになった。

「このお部屋で男の人にコーヒー淹れるの初めてよ」

「それは光栄です……」

言われて、紘夫は股間を熱くさせてしまったが、とにかく長い話をしなければならない。友恵の秘密を共有するのは、まず真面目で他言の恐れのない香織が最適だし、その優秀さは頼りになるだろう。

「話して。何があったの？」

「ええ、信じられないかも知れないけど、七十五年前から、タイムスリップしてきた女性を昨夜拾いました」

「え……？」

言うと香織は、彼の言葉を頭の中で繰り返すように少し黙った。

「七十五年前って……」

「ええ、昭和二十年の年末です。彼女は昭和二年生まれで満十八歳」

「十八歳の女の子を、昨夜拾って泊めたの？」

「そうです。すり切れたブラウスにモンペ姿で、話を聞くと本当に二十年に米兵相手の慰安所へ行かされるのを嫌がり、ビルから飛び降り自殺を図り、それが時空の歪みに入ったか、帰宅途中の僕の上から降ってきたんです」

「そんなことが……」

「とにかく、警察に報せようかとも思ったけど、彼女は何しろ怯えているし、本当なら戸籍もないのでかなり面倒かと」

「からかわれているのではなさそうね……」

彼の真剣な顔つきを見て、香織が言った。

紘夫も、事細かに昨夜のことを話した。

「そう……、経緯は大体分かったわ」

「ええ、それで女性の服や下着など買い物するのに、男の僕では困るし、一人で面倒を見るには限界があるので……」

「分かったわ。今日にでも会わせて」

「はい、ぜひお願いします」

彼は頭を下げ、思い出したようにコーヒーを口にした。

「それで、お風呂に入れてあげて、エッチしたの？」

香織が、気になっていたように身を乗り出して訊いてきたので、紘夫は思わずドキリとした。

「若い女の子と一夜過ごしたのだし、君は他に彼女もいそうもないから」

「い、いえ、ただ……」

「ただ、何？」

「何しろムラムラしたけど彼女は怯えているし疲れて眠ってしまったから、その寝顔を見ながら自分でしちゃいました」

ただ何もないと言うより、その方がリアルで良いと思って言うと、香織も納得したように頷いた。紘夫がシャイで奥手なことも、彼女は良く知っているのである。

「そう、少し安心したわ。昭和二十年の十八なら処女だろうし、君だってまだ無垢でしょう？」

「え、ええ……」

言われて、紘夫も無垢なふりをしてモジモジと頷いた。もちろん唯一の風俗体験のことは誰にも言っていないし、昨夜セックスをし、今朝は口内発射までしたことなど憧れの香織に言えるわけがない。

「いずれ、出来てしまうかも知れないけど、何も知らない同士では良くないわね。実は、私が君に教えてあげたくて仕方がないのだけど……」

「え？　ほ、本当ですか……！」

紘夫は、あまりの驚きに舌がもつれた。

「本当よ。手ほどきして下さいって言ってくるのを待っていたの。今日も、そんな話だったらいいなと思って家へ呼んだのだけど」

どうやら香織も、清楚な見た目では想像もつかないが、実際には何年かの男日照(ひで)りで、相当に欲求が溜まっていたらしい。

それに毎日顔を合わせ、紘夫が自分に好意を持っていることも察していたのだろう。

「お、お願いします。僕まだ何にも知らなくて……」

紘夫は大嘘をつきながら頭を下げた。

「前から香織先生に憧れていたんです。でもどうしても言えなくて」

「いいわ、じゃお勉強しましょうね」

彼女が言って立ち上がったので、紘夫は舞い上がりながら従い、一緒に寝室に入った。

ベッドと鏡台、あとは小型テレビと作り付けのクローゼットで、寝室内には生ぬるく甘ったるい匂いが立ち籠めていた。

「じゃ待ってて、急いでシャワー浴びてくるから」

「い、いえ、そのままでいいです。僕は朝シャワーを浴びましたから」

部屋を出ようとする香織を、彼は慌てて引き留めた。

実際彼は寝起きにシャワーを浴びているし、昼食後にはずっとガムを噛んでいたから口臭も大丈夫だろう。研究室へ行く前には放尿も済ませているし、今は尿意など感じないほど大勃起していた。

「まあ、朝から片付けもので動き回って汗ばんでいるのよ……」

「自然のままの匂いを知るのが長年の夢でしたので、どうか今のままで」

ためらう香織に懇願して頭を下げ続けると、ようやく彼女も諦めたように頷いた。それだけ、彼女も待ち切れないほど期待と欲求が高まっているのかも知れない。

「分かったわ、じゃ脱ぎましょう」

彼女が言ってブラウスのボタンを外しはじめたので、紘夫も緊張と興奮に震える指で手早く服を脱ぎ去った。

そして全裸になり、先に彼女のベッドに横になると、枕には彼女の甘ったるい匂いが沁み付いていた。髪の匂いや汗、涎(よだれ)なども混じっているかも知れない成分の刺激が、鼻腔から悩ましくペニスに伝わってきた。

香織も背を向けてブラウスを脱ぎ、ブラを外すと白く滑らかな背中が露わになった。さらにタイトスカートと下着ごとパンストも引き下ろすとき、前屈みになると、白く豊満な尻がこちらに突き出された。

紘夫は生唾を呑み込み、眺めだけで射精しそうな高まりに包まれた。

やがて香織が、一糸まとわぬ姿になって向き直り、ベッドに迫ってきた。

2

「あ、どうかメガネはそのままで。いつも見慣れている顔が好きなので」

紘夫が言うと、香織も全裸にメガネだけ掛けてくれた。素顔も美しいが、やはり彼は香織の、知的なメガネの顔が好きなのだ。

彼女が添い寝してくると、紘夫は甘えるように腕枕してもらった。

「とうとうこの日が来たわ。童貞の子って初めてよ……」

香織が甘く囁いた。どうやら前から紘夫としたかったようで、こんなことならもっと早くお願いすれば良かったと思った。

紘夫は、意外に豊かな膨らみを見つめ、生ぬるく湿った腋の下に鼻を埋め込んで嗅いだ。

友恵とは違い腋毛もなくスベスベだが、濃厚に甘ったるい汗の匂いが沁み付いて、悩ましく鼻腔を刺激してきた。むろん昨夜の友恵ほど匂いは強烈ではないが、初めて直に憧れの香織の体臭を味わい、感激と興奮が全身を心地よく満たした。

「ああ、そんなに嗅がないで。汗臭いでしょう……」

執拗(しつよう)に腋に鼻を擦りつけられ、香織がクネクネと悶えて喘いだ。

紘夫も、充分に胸を満たしてからそろそろと移動し、目の前で息づく乳首にチュッと吸い付くと、舌で転がしながらもう片方の膨らみにも手を這わせていった。

友恵より豊かな膨らみに顔中を押し付けて感触を味わい、左右の乳首を交互に含んで舐め回すと、

「アア……、いい気持ち……」

香織も次第に夢中になって喘ぎ、少しもじっとしていられないほど身をくねらせた。

性欲旺盛な紘夫以上に、三十歳を目前にした彼女は我を忘れるほど感じ、手ほどきと言いながらすっかり受け身になっていた。

両の乳首と膨らみを充分に味わうと、彼は白く滑らかな肌を舐め降り、形良い臍を探り、張り詰めた下腹にも顔を押し付けて弾力を味わった。

腹に耳を当てると微かな消化音も聞こえ、こんな美女でも消化器が貪欲に躍動していることを知った。

そして腰のラインを舐めると、左右の腰骨周辺とYの字の水着線は相当に感じるらしく、

「あう、ダメ、くすぐったいわ……」

香織が腰をよじって呻いた。

彼はそのままスラリとした脚を舐め降りていった。

やはり早く股間に顔を埋めたいが、そうすると早く挿入したくなり、あっという間に済んでしまうだろう。長年の憧れの人だから隅々まで味わい、股間は最後にしたかった。

彼女も息を弾ませ、されるままじっと身を投げ出してくれていた。

太腿から丸い膝小僧を通過し、脛に舌を這わせても、ここも友恵とは違い体毛はなくスベスベと滑らかだった。

足首までいくと彼は香織の足裏に回り込み、踵から土踏まずを舐め、形良く揃(そろ)った足指の間に鼻を割り込ませて嗅いだ。

そこも生ぬるい汗と脂に湿り、蒸れた匂いが濃く沁み付いて悩ましく鼻腔が刺激された。充分に嗅いでから、さらに爪先にしゃぶり付いて指の股に舌を潜

り込ませると、

「あう、何するの、汚いのに……」

香織がビクリと反応し、驚いたように声を上げたが、次第に朦朧となって拒むことも出来ないようだった。

彼は全ての指の股を舐め、両足とも味と匂いが薄れるほど貪ってしまった。

いったん顔を上げ、香織をうつ伏せにさせると彼女も素直に寝返りを打ってくれた。

踵からアキレス腱、脹ら脛から汗ばんだヒカガミ、太腿から白く豊満な尻の丸みをたどり、腰から滑らかな背中を舐め上げていった。

ブラの痕に舌を這わせると淡い汗の味が感じられ、

「く……」

背中も感じるらしく、香織が顔を伏せて呻いた。

肩まで行きセミロングの髪に鼻を埋めるとリンスの香りが感じられ、彼は耳の裏側も嗅いで舌を這わせ、再び背中を舐め降りた。

たまに脇腹にも寄り道してから尻に戻り、うつ伏せのまま股を開かせて間に腹這いになり顔を迫らせた。

指で双丘を広げると、谷間の奥には薄桃色の可憐な蕾がひっそり閉じられ、鼻を埋めると顔中に丸みが密着した。

蕾には蒸れた汗の匂いが籠もっているだけで、友恵の生々しい匂いが濃厚だっただけに少々物足りないが、それでも香織の成分だから貪欲に吸収した。

舌先でチロチロと蕾の襞を舐めて濡らし、ヌルッと潜り込ませて滑らかな粘膜を探ると、

「あう、ダメ、そんなこと……」

香織が息を詰めて呻き、キュッときつく肛門で舌先を締め付けた。

どうやら元彼は、爪先や肛門を舐めないような、つまらない男だったのかも知れない。

出し入れさせるように舌を蠢かすと、とうとう彼女は尻を庇うように再びゴロリと寝返りを打ってしまった。紘夫も片方の脚をくぐり、仰向けになった彼女のムッチリした内腿を舐め上げ、熱気と湿り気の籠もる股間に顔を迫らせていった。

（とうとうここまで辿り着いた……）

紘夫は興奮と感激に胸を高鳴らせながら、香織の中心部に目を凝らした。

股間の丘には程よい範囲で恥毛が茂り、割れ目からはみ出した花びらがヌメヌメと愛液に潤っていた。

そっと指を当てて陰唇を左右に広げると、奥では艶めかしく膣口が息づき、小さな尿道口も見え、包皮の下からは光沢あるクリトリスが覗き、男の亀頭をミニチュアにしたような形をして突き立っていた。

「アア、そんなに見ないで……」

香織が、彼の熱い視線と息を感じて声を震わせた。

紘夫も、もう堪らず吸い寄せられるように顔を埋め込んでいった。

柔らかな恥毛に鼻を擦りつけて胸いっぱいに嗅ぐと、隅々にはやはり腋に似た甘ったるい汗の匂いと、微かに蒸れた残尿臭も混じって悩ましく鼻腔を掻き回してきた。

「いい匂い」

「あう……！」

鼻を鳴らして嗅ぎながら思わず言うと香織が呻き、内腿でキュッときつく彼の両頰を挟み付けてきた。

紘夫はもがく腰を抱え込んで押さえ、舌を陰唇の内側に挿し入れた。

生温かなヌメリは淡い酸味を含んで舌の動きを滑らかにさせ、彼は息づく膣口の襞から柔肉をたどり、味わいながらゆっくりクリトリスまで舐め上げていった。

「アアッ……！」

香織がビクッと顔を仰け反らせて喘ぎ、内腿に力を込めながら白い下腹をヒクヒクと波打たせた。

やはりクリトリスが一番感じるのだろう。チロチロと舌先で弾くように舐めるたび、愛液の量が増してきた。

「お、お願い、入れて……、いきそうよ……」

香織が声を上ずらせて言い、なおも紘夫が吸い付いていると、とうとう彼女は身を起こして彼の顔を股間から追い出しにかかった。

やはり舌だけで果てるのが惜しく、早く一つになりたいようだった。

彼もようやく股間から這い出し、添い寝して仰向けになっていくと、身を起こした香織が顔をペニスに迫らせてきた。

大股開きになると彼女も真ん中に腹這い、熱い息を股間に籠もらせて熱い視線を注いだ。

「すごいわ、こんなに勃って……」

彼女は囁き、そっと幹を撫でてから舌を伸ばし、肉棒の裏側をゆっくり舐め上げてきたのだ。

「ああ……」

受け身に転じた紘夫は声を洩らし、恐る恐る股間を見ると憧れのメガネ美女が美味しそうにペニスを舐めていた。幹に指を添え、粘液が滲む尿道口も厭わずチロチロと探ってから、丸く開いた口でスッポリと喉の奥まで呑み込んでいった。

温かく濡れた口の中に包まれ、彼は暴発を堪えて懸命に肛門を引き締めた。

彼女の熱い鼻息が恥毛をくすぐり、幹を締め付けて吸い、口の中ではクチュクチュと滑らかに舌がからみついた。

思わずズンズンと股間を突き上げると、

「ンン……」

香織は小さく呻きながら、自分も小刻みに顔を上下させ、濡れた口でスポスポとリズミカルな摩擦を開始してくれた。

3

「い、いきそう……」

すっかり絶頂を迫らせた紘夫が言うなり、香織もスポンと口を引き離して顔を上げた。

「いいわ、入れて」

「か、香織先生が、上から跨いで入れて下さい……」

言うと彼女も身を起こして前進し、ペニスに跨がってきた。やはり彼は、憧れの美しい顔を見上げながら果てたかったのだ。

香織は自らの唾液にまみれた先端に割れ目を押し当て、位置を定めると息を詰め、無垢な男を味わうようにゆっくりと腰を沈み込ませてきた。

張り詰めた亀頭が潜り込むと、あとはヌルヌルッと滑らかに根元まで嵌まり込み、彼女もピッタリ股間を密着させて座り込んだ。

「アア……、いいわ、奥まで感じる……」

香織が顔を上向け、目を閉じてうっとりと喘いだ。

紘夫も温もりと締め付け、潤いに包まれて酔いしれた。もし昨夜体験していなかったら、挿入時の摩擦だけで漏らしていたことだろう。

香織は彼の胸に両手を突っ張り、上体を反らせてキュッキュッと締め上げてきたが、やがて起きていられなくなったように身を重ねてきた。

紘夫の胸に乳房が密着して弾み、恥毛が擦れ合った。

「膝を立てて……」

香織が囁き、紘夫も両膝を立てて張りのある尻を支えた。やはり彼女も、激しく動いて抜け落ちるのを防ぐため、腰を安定させたいのだろう。

紘夫も下から両手を回してしがみつき、感触を味わった。

「す、すぐ出ちゃいそう。中出し大丈夫……？」

「いいわ、好きなときにいって」

念のため訊くと香織が答えた。どうやらピルを常用しているようだ。むろん避妊のためというより、生理のコントロールだろう。

しかし動いて終わるのが惜しく、まだ彼は股間を突き上げず、下から香織の顔を引き寄せて唇を求めた。

すると彼女も、ピッタリと唇を重ねてくれたのだ。

何やら最初にするべきキスが、互いの全てを舐め合った最後というのも妙なものだった。

舌を挿し入れて滑らかな歯並びをたどると、すぐに彼女も舌を伸ばしてネットリとからめてくれた。

紘夫は彼女の熱い息で鼻腔を湿らせ、生温かな唾液に濡れて滑らかに蠢く舌を味わった。そして快感に任せ、徐々に股間を突き上げはじめると、

「アアッ……、いい気持ちよ、いきそう……」

香織が淫らに唾液の糸を引いて口を離し、熱く喘ぎながら、自分からも動きを合わせて腰を遣った。

溢れる愛液が律動を滑らかにさせ、次第に互いの動きがリズミカルに一致してきた。いったん動きはじめると、もうあまりの快感にセーブも出来ず、腰が止まらなくなってしまった。

しかも近々と顔を寄せて喘ぐ香織の吐息が、花粉のような甘い匂いを含み、さらに昼食の名残か淡いオニオン臭の刺激も混じって悩ましく彼の鼻腔を満たしてきた。

これも友恵ほど濃厚な刺激ではないが、何しろ無味無臭の風俗嬢とは違う、リアルな美女の匂いということで彼の興奮を煽(あお)った。

「ああ、香織先生の息の匂い……」

思わず言って香織の喘ぐ口に鼻を押し込むと、彼女も舌を這わせて鼻を唾液にまみれさせ、惜しみなく熱い吐息を嗅がせてくれた。

鼻腔を刺激され、肉襞の摩擦に包まれながら、とうとう紘夫は絶頂に達してしまった。

「い、いく……！」

突き上がる大きな快感にそう口走りながら、熱い大量のザーメンをドクンド

クンと勢いよく柔肉の奥にほとばしらせると、

「あ、熱いわ……、アアーッ……！」

噴出を感じた途端、香織もその刺激でオルガスムスのスイッチが入ったように声を上げ、ガクガクと狂おしい痙攣を開始した。

膣内の収縮も最高潮になり、紘夫は溶けてしまいそうな快感を噛み締めながら、心置きなく最後の一滴まで出し尽くしていった。

すっかり満足しながら徐々に突き上げを弱めていくと、

「ああ……」

香織も声を洩らし、肌の強ばりを解きながらグッタリと遠慮なく体重を預けてきた。

やがて完全に互いの動きが止まっても、まだ膣内は名残惜しげな収縮を繰り返し、刺激された幹が過敏に内部でピクンと跳ね上がった。

「あう……、まだ動いてるわ……」

香織も感じすぎるように呻き、幹の震えを押さえつけるようにキュッときつく締め上げてきた。

そして紘夫は美女の重みと温もりを受け止め、熱く湿り気ある吐息を嗅ぎながら、うっとりと快感の余韻を味わったのだった。

「どうだった？　初体験は……」

香織が、彼を無垢と信じ込んで囁いた。

「ええ、すごく良かったです。一生忘れません……」

「そう、じゃもうシャワー浴びてもいいわね……」

しばし互いに熱い息遣いを混じらせていたが、やがて香織が言ってそろそろと股間を引き離した。そしてティッシュの処理を省いてベッドから降り、バスルームに行ったので彼も起きて従った。

互いにシャワーの湯で股間を洗い流すと、もちろん紘夫はすぐにもムクムクと回復していった。

そこで彼はバスルームの床に座り、目の前に香織を立たせた。

「こうして」

紘夫は言い、彼女の片方の足を浮かせ、バスタブのふちに乗せさせて開いた股間に顔を埋めた。

「どうするの……」

「オシッコしてみて」

「まあ、どうしてそんなこと……」

「綺麗な先生でも出すのかどうか近くで見たい」

彼は自分の恥ずかしい言葉でピンピンに勃起しながら言い、割れ目を舐め回した。もう恥毛に籠もっていた濃い匂いは薄れてしまったが、たちまち舌の動きが滑らかになるほど新たな愛液が溢れてきた。

「アア、無理よ、そんなこと……」

香織は刺激に喘ぎ、ガクガクと膝を震わせながら壁に手を突いてフラつく身体を支えた。

「少しでいいから」

彼は股間に顔を埋めたまま答え、淡い酸味のヌメリとクリトリスを吸った。

「あう、ダメ、吸ったら本当に出ちゃいそう……」

香織が言うので、どうやら尿意が高まったらしく、さらに彼は熱を込めて吸い付いた。

そして中に舌を這わせると、奥の柔肉が迫り出すように盛り上がり、味わいと温もりが変化してきたのだ。

「あう、出る……、離れて……！」

香織が切羽詰まった声で言ったが、もちろん彼は離れなかった。すると、たちまちチョロチョロと熱い流れがほとばしってきたのだ。

「アア……」

香織は熱く喘いで止めようとしたようだが、いったん放たれた流れは止めようもなく、チョロチョロと勢いを増して放尿した。

舌に受けると、味も匂いも実に淡く控えめで、まるで薄めた桜湯のようで抵抗なく飲み込むことが出来た。

憧れの香織の出したものを受け入れる甘美な悦びで胸が満たされたが、勢いがつくと口から溢れた分が温かく胸から腹を伝い流れ、回復したペニスが心地よく浸された。

「ああ、こんなことするなんて……」

香織が今にも座り込みそうなほど足を震わせて喘いだが、それほど溜まっていなかったようで、ピークを過ぎると急激に勢いが衰えた。

そして流れが治まると、彼は残り香の中で余りの雫をすすり、割れ目内部を舐め回した。すると新たな愛液が溢れて残尿が洗い流され、たちまち淡い酸味のヌメリが満ちてきた。

「も、もうダメ……」

彼女が紘夫の頭を突き放して言い、足を下ろすと力尽きたようにクタクタと座り込んでしまった。

それを抱いて支え、彼はもう一度互いの身体にシャワーを浴びせた。

4

「ね、またこんなに勃っちゃった……」

身体を拭いて全裸のままベッドに戻ると、紘夫は勃起したペニスを突き出して甘えるように言った。

「まあ、まだ足りないの？　私はもう充分だわ。これから出かけるのだし」

香織は言い、それでも幹を掌に包んでニギニギと弄んでくれた。

「ああ、気持ちいい……」

紘夫は愛撫を受けながら彼女の胸に縋り、甘い刺激の吐息を嗅ぎながらジワジワと高まってきた。

「ね、唾垂らして……」

せがむと、香織も口中に唾液を溜めて形良い唇を迫らせ、白っぽく小泡の多い唾液をクチュッと吐き出してくれた。オシッコを飲まれるよりは、気持ちが楽なようである。

彼は舌に受けて味わい、うっとりと喉を潤した。

「もっと沢山」

「もう出ないわ……」

彼女は答え、それでも懸命に分泌させて、もう一度だけトロリと垂らしてくれた。紘夫は幹を震わせて絶頂を迫らせ、その脈打ちで察したように香織も顔を移動させ、再び含んでくれた。

どうやら口で処理してくれるようだ。

「こっちを跨いで……」

紘夫は仰向けになって言い、彼女の下半身を引き寄せた。

香織も根元まで呑み込んだまま身を反転させて彼の顔に跨がり、女上位のシックスナインの体勢になってくれた。

腰を抱き寄せ、また濡れはじめている割れ目に舌を這わせ、目の上で収縮するピンクの肛門を見ながら快感を高めた。

「ンン……、舐めないで……」

すると香織が口を離し、集中できないように尻をくねらせて言った。

「うん、じゃ見るだけにする」

「は、恥ずかしいわ……」

彼女は舌からの視線を感じながら言い、再びスッポリと喉の奥まで呑み込み、顔を上下させてスポスポと強烈な摩擦を開始してくれた。

紘夫も合わせて股間を突き上げ、絶頂を迫らせていった。

張り出した亀頭のカリ首が濡れた唇に擦られ、熱い鼻息に陰嚢をくすぐられて高まった。

触れていなくても、見られているだけで割れ目からは新たな愛液が溢れ、とうとう脹らんだ雫がツツーッと糸を引いて滴ってきた。

それを舐め取ると同時に、彼は二度目の絶頂に全身を貫かれてしまった。

「く……！」

股間を突き上げながら快感に呻き、ありったけの熱いザーメンをドクンドクンと勢いよくほとばしらせると、

「ウ……」

喉の奥を直撃された香織が、噎せそうになりながらも舌の動きと吸引、摩擦を続行してくれた。

「ああ、気持ちいい……」

紘夫は昨夜に続き、美女の清潔な口を汚す禁断の快感に包まれながら最後の一滴まで出し尽くしていった。

すっかり気が済んで硬直を解き、グッタリと身を投げ出すと、香織も動きを止め、亀頭を含んだままゴクリとザーメンを飲み干してくれた。

「あう……」

喉が鳴ると同時に口腔が締まり、彼は駄目押しの快感に呻いた。

香織はなおもチロチロと濡れた尿道口を舐め回し、完全に舌で綺麗にしてくれた。

「も、もういいです、有難うございます……」

紘夫は腰をくねらせ、過敏に幹を震わせながら声を絞り出した。

ようやく香織も舌を引っ込めて身を起こし、ベッドを降りるとティッシュで割れ目を拭っただけで、もうバスルームには行かず身繕いをした。

紘夫も、呼吸を整えて起き上がると服を着た。

「さあ、じゃ行きましょうか。途中買い物しないと。彼女の体型は？」

「僕と、そんなに変わらないです」

「それなら、私のでも合うかも」

香織は言ってクローゼットを開け、取ってある若めのブラウスやスカート、コートなどを出して紙袋に入れた。

そしてマンションを出ると車で近くのデパートに寄り、下着やソックスを買い、さらに生理用品や簡単な化粧道具も揃えてくれた。

香織も、紘夫の話を全面的に信じているようで、それが彼は嬉しかった。

これでハイツに行って友恵が姿を消していたら、どうなることだろう。

やがて紘夫のハイツ近くの駐車場に車を停め、一緒に部屋に戻ると、友恵はずっと机で読書していたようだ。

「お帰りなさい。あ……」

「この人は僕の大学の先生で、白石香織さんというんだ。女同士で、いろいろ相談に乗ってくれる」

友恵が笑顔で紘夫を迎えたが、一緒に入って来た香織に怪訝な目を向けるので彼は紹介してやった。

「そうですか……、吉沢友恵です……」

友恵は、紘夫と二人きりでないことに戸惑いながら身を硬くして言った。

「よろしく。まずジャージを脱いで、これに着替えるといいわ。お話しはそのあと。宮辺君、脱衣所を借りるわね。その間にこれを注いで」

香織は言い、買ってきたペットボトルの紅茶を渡すと、買ったものを持って友恵と脱衣所に入った。

紘夫はグラスを三つ用意して紅茶を注ぎながら耳をそばだてたが、女同士で特にトラブルの様子もなく、恐らく友恵も素直に着替えているようだった。

机には戦後の資料が開かれたままになっており、友恵もだいぶ読み進んで細かに理解したようである。

もう日も傾き、彼はすっかり乾いている洗濯物を軒下から取り込み、自分の分をしまい、友恵のブラウスとモンペ、シュミーズとズロースは畳んで隅に置いておいた。

しばらく待つうち、二人が出てきた。

「あ……」

紘夫は、友恵の変貌ぶりに目を見張った。リボンで髪を束ねて後ろに長く垂らし、清楚なブラウスにチェックのスカート、白いソックスに薄くファンデーションも頬に塗られているようで、友恵は彼に見られるのを恥じらうようにモジモジしている。

「どう、似合うでしょう。Tシャツとトランクス、ジャージ上下は洗濯機に入れておいたわ」

「は、はい、有難うございます」

彼は答え、とにかく自分はベッドの端に座った。すると友恵と香織は、それぞれキッチンと学習机の椅子に腰を下ろして冷たい紅茶を飲んだ。

「名前と歳、生まれ育った深川のことは聞いたわ。あとはいろいろ訊きたいことがあるので」

香織が言い、紘夫のノートパソコンを開いてスイッチを入れた。

「友恵さんが、良く歌っていた歌は？　題名が分からなければ歌ってみて」

「なびく黒髪きりりと結び、今朝も朗らに朝露踏んで……」

訊かれて、友恵がか細く口ずさむと、すぐにも香織が検索した。

「昭和十九年、『輝く黒髪』、女子挺身隊(ていしんたい)の歌だわ。カラオケにあるありきたりの懐メロとは違う。じゃ観た映画で印象的なものは？」

「『ハワイマレー沖海戦』に、『姿三四郎』」

「昭和十七年に十九年、円谷英二の最初の特撮に、黒澤明の監督デビュー作だわ……」

検索しながら、香織は息を弾ませた。そして隅に畳まれていた友恵のブラウスやモンペ、下着などもつぶさに見ていた。

どうやら本当に友恵が、十八歳のまま昭和二十年の生き証人ということを確信したようだ。

「ね、宮辺君、彼女を私に預けて。若い男女が一緒に暮らすというのは良くないと思うの。どうかしら、友恵さん」

「私も、そう思います……」

香織が言うと友恵も真剣な眼差しで答え、紘夫は急激な寂しさに襲われた。

どうやら友恵も、ずっと二人きりで暮らして彼に甘えてばかりいるのは良くないと思いはじめたらしい。

「もちろん秘密は守るし、私の遠縁ということにして少しずつ外にも出すし、私の資料整理の仕事も手伝ってもらいたいので」

「え、ええ……、友恵さんがそれで良いと言うのなら……」

紘夫も答えた。

確かに一緒に暮らしていれば、ひたすら爛（ただ）れたセックスに明け暮れ、そのうち友恵も妊娠してしまうかも知れない。昨夜は、それでも構わないし結婚すれば良いと思ったが、やはり困難は大きいだろう。

それに友恵も一回り近く年上の美しい香織を、女同士で頼りになる人と思いはじめているようだった。

「じゃ決まり。もう暗くなるから、三人で近くのレストランへ行きましょう。そのまま連れて帰るわ」

「分かりました」

友恵に異存がないようなので、紘夫もそう答え、三人でハイツを出ることにした。

「靴だけは買うのを忘れたわ。このサンダルを借りて行くわね」

香織が言い、ボロボロのズックではなく紘夫のサンダルを友恵に履かせた。

そして雨が降ってきたので、紘夫も帰りは一人の徒歩なので、自分の傘だけ持って三人で車に乗った。

5

「じゃ、これで行くわ。心配ならいつでもラインして」

「分かりました。彼女のこと、よろしくお願いします」

ファミリーレストランで食事を済ませると、香織がレジを済ませ、三人は駐車場で別れることにした。

友恵は刺身定食を美味しそうに空にし、香織はフライの盛り合わせセットでもちろん運転があるのでノンアルコールだ。紘夫はサイコロステーキのセットだが、友恵との別れに、あまり喉を通らなかった。

駐車場の樹木には色とりどりの電飾が点けられ、クリスマスソングが流れていた。

小雨の中、車に乗り込もうとする二人に傘を差し掛けようとすると、そのとき二人の男が近づいてきた。

「可愛い子だな。それに熟女も色っぽい。俺たちもドライブに連れてって」

二人とも茶髪に派手なジャンパーを着た、二十歳前後の不良である。

「気安く話しかけないで」

香織が凛然と言ったが、その彼女に二人が掴みかかろうとした。

すると、咄嗟に友恵が紘夫の手から傘を奪い取って畳むなり、銃剣術の構えで激しく一人の水月を突いたのである。

「むぐ……！」

男は白目を剥いて腹を押さえ、そのまま植え込みに倒れ込んでいった。

今の傘は危険がないよう石突きは金属ではなく、尖っておらず太いプラスチックか硬質ゴム製である。

「貴様ら、その髪の色は何か！　毛唐の真似がしたければ日本から出てゆけ！」

「な、何だ、この女……」

可憐な美女の剣幕に残る男が怯んだが、すぐにも香織から離れて友恵に迫ってきた。

再び、薙刀と竹槍を女学生たちに指導していた友恵の技が繰り出された。

「ぐわッ……！」

今度は傘の石突きが男の顎に炸裂し、奴はひとたまりもなく両足を真上に上げて植え込みにひっくり返っていった。

「い、行きましょう……、乗って……」

香織が息を呑んで言いながら、急いで三人は車に乗った。幸い雨のせいか、周囲に見ているものはいないようだ。

すぐに香織はスタートさせて駐車場を出ると、大通りに出た。

「すごいわ……、あれは銃剣術……？」

「竹槍です。刺されば死んだでしょうが、この傘なら気絶ぐらいでしょう」

香織に友恵が答え、まだ興奮に濃い眉を吊り上げていた。まだ紘夫が見たことのない友恵の激しい部分に、彼も驚きが隠せなかった。

自分だけ歩いて帰るはずが、結局香織の車でハイツ前まで送ってもらい、紘夫は傘を持って車を降りた。

「じゃ気をつけて」

「ええ、明日また連絡するわ」

言うと香織も興奮に頰を上気させて答え、友恵も助手席から彼に会釈した。

やがて走り去る車を見送ると、紘夫は自分の部屋に戻った。

今日は香織とセックスでき、充分すぎるほどの満足が得られたはずなのに、やはりいるはずだった友恵がいないと寂しかった。

仕方なく、洗濯機に突っ込まれているジャージ上下とTシャツにトランクスを出し、友恵の一日分の体臭を嗅ぎ、さらには玄関にあるズック靴まで手にして蒸れた匂いを貪り、激しいオナニーで熱いザーメンを搾り出してしまったのだった。

激情が過ぎると、また寂寥感に襲われた。

寝てしまえば良いが、まだ早いし、どうせ眠れないだろう。

(そうだ、もしかして……)

ふと思い立ち、紘夫はスマホでラインしてみた。相手は近代史のサークルにいる一年生、友恵と同じく十八歳の吉沢亜美である。

可憐な美少女で、友恵より幼顔で、彼は香織と並び何度となく亜美の面影で妄想オナニーしていたのだった。

「こんばんは、急にごめんね。親戚のお爺さんとかに、吉沢丑男という名の人はいないかな。古い資料に出て来た名だけど」

そう書いて送ると、すぐにも亜美から、

「ママに訊いてみますね」

と返信があった。

亜美の母親は開業医で、婿養子の父親は大学病院にいる。だから吉沢家のことなら母親が良いと思ったのだろう。

するとまもなく、今度はライン電話があったので紘夫は出た。

「丑男って、ママのお爺さんですって。三年ほど前に九十二歳で亡くなったけど、どうして？」

亜美が言う。どうやら友恵の兄は、戦死せず日本に帰っていたのだ。

「うん、亜美ちゃんも吉沢だから、ひょっとしてと思ったらドンピシャだったよ。お母さんは、その人の詳しい話を聞いてるかな」

「ええ、晩年まで頭ははっきりしていたから、ずいぶん聞いたみたい。あ、ママに代わりますね」

亜美が言い、紘夫の心の準備も出来ないうち母親に代わった。どうやら近くで会話を聞いていて興味を覚えたらしい。

「あ、吉沢です。いつも娘がお世話になってます」

「いえ、こちらこそ。僕は四年生の宮辺と申します。実は知り合った人が、丑男さんのことを話していたので、それでもしやと思い」

「そうですか。祖父の話は、私がいちばん聞かされています。というのは、私が祖父の妹に似た顔立ちということで、戦地から帰国したら深川の家は焼け、妹ともとうとう会えなかったようで」

「ああ、やっぱり。その妹さんは、友恵さんという名ですか？」

「そうです！」

友恵の名を出すと、彼女が驚いて声を上げ、

「あの、私は明日の開業は昼までなので、良ければお越しになりませんか。出来れば直にお話しできればと思います」

そう言ってきた。

「はい、分かりました。では明日昼過ぎに伺わせて頂きます」

「お待ちします。では亜美に代わりますね」

そう言い、もう一度亜美が出た。

「明日、私はお友達と約束があるので家にはいないし帰りは遅いけど、構わず来て下さいね」

「うん、わかった。じゃまた報告するね」

紘夫は言い、電話を切った。そしてパソコンで、茗荷谷にあるという吉沢医院を検索して場所を確かめた。

「さ、産婦人科……」

彼は驚きながら、ホームページで院長の美しい顔写真も確認したが、確かに友恵が成熟したらこんな感じになるかも知れない。

亜美の母親は三十九歳、美津江という名だった。

(さて、どういうふうに話を聞いてこようか……)

紘夫はパソコンと灯りを消し、ベッドに横になりながら頭を巡らせた。

まだ友恵には言わない方が良いだろうし、美津江との会話も、上手く辻褄を合わせなければいけない。

それを考えているうち、友恵のいない寂しさも何とか紛らわすことが出来た。

すると枕元にあるスマホが鳴った。出ると、香織からだ。

「友恵さんはお風呂から上がって眠ったわ。とても素直で頭の良い子、喧嘩も強いし、私はすっかり気に入ったし、彼女も懐いてくれてるわ」

「そう、それは良かった」

「寂しいでしょうけど辛抱して。今度は私の家で三人で会いましょうね」

「ええ、どうかよろしくお願いします」

紘夫はそう言い、電話を切った。

そして安心と同時に、明日のことを思っているうち深い睡りに落ちてしまったのだった……。


——翌朝、紘夫は起きて食事をし、行く仕度を調えた。

今日はもう大学に用事はないし、それは香織も同じだろうから、きっと友恵と二人であれこれ話したり、靴でも買いにいくことだろう。

そして昼食を済ませるとシャワーと歯磨きをし、ハイツを出て茗荷谷へと行った。

亜美は一人っ子だが、医学部には進んでいない。母親のように養子を迎えるのかも知れないが、産婦人科医は美津江の代で終わりのようだ。

一時少し前、灯りが点いているので裏の母屋ではなく診療室から訪うと、すぐ白衣姿の美津江が出迎えてくれた。

「ようこそ。さっき最後の診療を終えて、受付も帰ったところよ。どうぞ」

「ええ、何だか、男がこうした医院に入るのは気が引けますが」

「いいえ、男性も来るわ。妊娠した彼女の付き添いとかで」

「なるほど」

彼は答え、診察室に招かれた。まあ初体験の男だから、母屋へ入れるよりこの方が美津江も気が楽なのだろう。

紘夫は、まるで診察でも受けるように椅子に座り、彼女と向かい合った。

第三章　豊満な白衣の熟女

1

「宮辺さん、お昼は済ませてきましたか？」

美津江が紘夫に聞いた。

黒髪をアップにし、整った顔立ちは、確かに美少女の亜美や、縁者に当たる友恵にもどことなく似た感じである。そして白衣の胸が実に豊満で、組んだ脚も艶めかしく肉感的であった。

「はい、終えました。先生は？」

「私は診察の合間に軽くブランチを済ませたので。じゃ、祖父に関するお話を伺わせて下さい」

美津江が言い、紘夫も改まって話しはじめた。

「実は東京大空襲の体験を語る会というのがあり、そこで知り合ったお婆さんが、元女学校の先生で、家が焼けた吉沢友恵さんの面倒を見ていたんです」

「まあ……」

紘夫は、友恵から名も聞いていない女学校の先生を狂言回しに使わせてもらうことにしたのだった。

「もっとも、その人も今年百歳でお亡くなりになりました」

「そうですか……、それで友恵さんはその後は？」

「ええ、戦地へ行っている兄、丑男さんのことばかり気にして、再会を望んで何度も話していたようです。でも終戦後、もと女子挺身隊の有志で、占領軍の慰安所で働く話があり、それを嫌がった友恵さんはビルから飛び降りて」

「亡くなったのですか……」

美津江が肩を落として言う。

もう丑男もこの世に亡いのだから、友恵も死んだことにした方が良いだろうと思ったのだ。実際、友恵もタイムスリップしなければ、あのまま他界し、どちらにしろ丑男との対面は叶わなかったのである。

「ええ、その先生、お婆さんもずいぶん長く後悔していたようです。米兵の性犯罪防止のための慰安所という名目はあったけど、どちらにしろ上からの押しつけでしたから。そして語り部として生涯を終えましたが、友恵さんのことだけは僕も何度も伺いましたので」

「そうでしたか……、祖父も、妹の話は何度もしていましたが、どうにも消息をたどることも出来ず、恐らく空襲で一家とともに死んだのだろうということで諦めていましたけど」

今度は美津江が丑男の話をしてくれ、彼が内地に帰還したのが昭和二十一年の春ということを知った。

しかし帰ってみても深川は焼け野原で途方に暮れ、東都大時代の知り合いを頼って居候をし、工員をしながら金を貯めて職場結婚。一人の女の子に恵まれ、小さいながら茗荷谷に家を持った。

その女の子が優秀で医者になり、婿養子を取ってこの界隈（かいわい）の土地も広げて開業。その一人娘が美津江というのだから、ずっと女系だったらしい。

いま丑男の一人娘は、この家を美津江に譲り、夫婦でアフリカに渡って医者をしているようだった。

「実は今日、宮辺さんが来るというので、これを出しておいたの」

美津江が言い、机の隅に置かれていた古いアルバムを開いてくれた。

家ごと焼けてしまったため深川時代の写真は一切なく、あるのは丑男の戦地でのスナップ、栄養が足りなく痩せているが精悍(せいかん)な目をした予備士官の顔があり、そして戦地に持っていったらしい家族の写真も一枚あった。

その中に、お下げに結った女学生時代の友恵が写っていた。

(友恵さんだ……)

紘夫は写真に見入った。両親らしき人たちの前で、今より二、三歳若い友恵が、セーラー服とモンペ姿で笑みを浮かべている。その横にいるのが帝大生で角帽(かくぼう)姿の丑男だ。

「当時の写真はそれだけなんです」

美津江が言う。確かに、あとは丑男が工場の仲間と宴会をしたり、少しずつ余裕が出て社員旅行をしたり、あるいは結婚相手などのスナップが並んでいるだけだった。

「そうですか。まあお二人ともこの世にはいないけど、あちらで兄妹は巡り合っていることでしょう。それをお伝えできただけで良かったと思います」

「ええ、本当にわざわざお知らせ下さって感謝します」

「丑男さんの、ご存命中に来られなかったことが悔やまれますが」

「いえ、祖父はどこかで妹が生きていると願っていたので、飛び降りたなどという事実は知らずにいて良かったのだと思います」

美津江が言い、確かにそうだと紘夫も思い、アルバムを閉じて返した。

報告を終えると、紘夫は肩の荷が下りた。

あとは友恵に、兄が帰還して二年ほど前まで生きていたことを報せれば、それだけで喜んでくれることだろう。

すると美津江も力を抜き、ほっとしたように話題を変えてきた。

「宮辺さんは、亜美のことが好き？」

「え、ええ……、とっても可愛いと思ってますが……」

唐突な質問に戸惑ったが、美津江は年上の余裕でじっと彼を見つめている。

「そう、実は亜美は、何かと宮辺さんのお話ばかりするんですよ。あの子の好意には気づいていない？」

「え……、そ、そうなんですか……」

「まあ、鈍感ね。見た通り真面目で奥手なようね」

美津江が笑みを含んで言い、紘夫は顔が熱くなってきた。

では、香織のように、自分から積極的にアタックしていれば手ほどきしてくれたし、亜美も思い切って迫れば恋人になってくれたのかも知れず、自分は案外モテるのではないかと思ってしまった。

「な、何しろ経験がないものだから、どうにも……」

紘夫は、香織に言ったように、また無垢なふりをしてモジモジと答えた。

それに無垢と言った方が、年上女性の受けが良くなり、何か良い展開になるような気がしたのである。

「そう、四年生にもなって未経験では困るわね。亜美もまだ何も知らない子だから、四年生のあなたがモジモジしていたら何も進まないわよ」

言われて、紘夫も今度は自分から思いきって言った方が良い気がし、決心して切り出した。

「あ、あの、僕の理想は、年上の女性に手ほどきを受けて、覚えたことを無垢な子に教えることなんです……」

何やら、母娘ドンブリを望んでいるようだが、いつしか彼は痛いほど股間が突っ張ってきてしまった。しかも婦人科の診察室だから、傍らには大股開きになる検診台もあり、そこで何人もの若妻が股間を晒したと思うと激しく胸が高鳴った。

「そう、私でもいい？」

「も、もちろんです……！」

熱っぽい眼差しで言われ、紘夫は激しく頷いていた。

「そう、それにさっきからあの台が気になるようだから、それで見てあげましょう。さあ脱いで、全部」

美津江が言って立ち、診察室の灯りを消して休診の札を出し、ドアをロックして戻ると、検診台だけに灯りを点けた。

紘夫も、思いがけない展開に息を震わせながら、モジモジと服を脱ぎ去って傍らの籠に入れていった。そして最後の一枚を脱いで、恐る恐る検診台に上って座った。

診察室に、付き添いの男が来ることはあっても、全裸でこの台に座った男は自分が初めてではないだろうか。

「脚を広げて、ここに乗せて」

美津江が言い、背もたれを倒して仰向け近くにさせた。紘夫もそろそろと脚をM字に開いて両足を左右の台に乗せると、足首をマジックテープで固定されてしまった。

「ああ……、恥ずかしい……」

大股開きにされ、しかも診察しやすいよう股間にライトが当てられているから羞恥心も倍加した。尻や背に当たるクッションにも、女性患者たちの温もりが残っているような気がした。

「この台で男の人を見るのは初めてだわ」

美津江は白衣姿のまま椅子に座り、彼の股間に身を寄せてきた。

お医者さんごっこではなく、何しろ相手は本物の女医である。

座っている台のクッションは便座のようにU字型になっているから、彼女からは肛門まで丸見えになっていることだろう。

若い女性患者たちは、ここに座って股を開き、一体どんな気持ちになることだろう。だが本来の診察なら、顔を見られぬようカーテンを閉めるのだが、今は閉めてくれず顔も見られている。

「すごい勃ってるわ。溜まってるの？」

美津江が熱い視線を向けながら、彼の股間から訊いてきた。

「い、いいえ、ゆうべも抜いたのですけど……」

彼は答えた。寝しなのオナニーは本当だが、昼間にはメガネ美女相手に二回射精したことはもちろん言わない。

「そう、どれぐらいの頻度で？」

「日に二回か三回です……」

「まあ、そんなに。じゃ性欲は相当強い方なのね」

美津江は言いながら、素手で触れてきたのだった。

2

「綺麗にしているわね。匂わないわ」

美津江が顔を寄せ、そっと幹を撫でながら言った。

「あう、出がけにシャワー浴びる習慣なので……」

紘夫は指と視線の刺激、ライトの明るさに身悶えながら小さく答えた。

自分が全裸で相手が着衣、しかも白衣なので、何やら本当に診察を受けている感覚になり、勃起しているのがさらに恥ずかしかった。

まあ、そういった初々しさも無垢のふりにはちょうど良いかも知れない。

すると彼女は陰嚢にも触れ、二つの睾丸をコリコリとそっと確認してから、いきなり肛門にヌルッと指を押し込んできた。どうやら知らない間に、指サックとローションを付けたらしい。

「アッ……！」

「大丈夫？　ここが前立腺。どんな感じ？」

指の腹で天井を圧迫され、彼は下腹が重ったるくなる感じで、便通に似て決して快感とは言いがたかった。

「あ、あんまり良くないです。何だか催しそうで……」

「そう、じゃこれは？」

美津江が言い、今度は浅い部分で小刻みにクチュクチュと出し入れするように蠢かせてくれた。

「ああ、それは少し気持ちいい……」

紘夫は未知の快感に喘ぎ、ペニスは内部から刺激されるようにヒクヒクと上下し、先端から粘液が滲んだ。

ようやく美津江もヌルッと指を引き抜いてくれ、サックを外すと、どうやら肛門の健診も済んだようで、再び素手で幹を撫で、張り詰めた亀頭にも触れてきた。

そして舌を伸ばし、肉棒の裏側をペローリと舐め上げてきたのだ。

「あう……」

紘夫は唐突な快感に身構えて呻き、暴発を堪えて奥歯を噛み締めた。

美津江はたまにチラと目を上げて彼の表情を観察しながら、とうとう先端まで舌を這わせ、粘液の滲む尿道口をチロチロと舐め回した。

さらに亀頭を含んで吸い付きながら、モグモグとたぐるように喉の奥まで呑み込み、舌をからめて吸い付いてきた。

「アア、い、いきそう……」

彼が腰をくねらせて喘ぐと、すぐに美津江がスポンと口を引き離した。

「どうする？　一度お口に出して落ち着く？　どうせ続けて出来るでしょう」

「い、いえ、出来れば一つになっていきたいです……」

彼女が股間から訊くので、紘夫も正直に答えた。

「そう、じゃ検診台は二人乗れないので、あっちのベッドへ」

美津江は足首を固定したマジックテープを剥がしながら答え、彼も身を起こして検診台から降りた。

「あの、その前に先生も脱いでここに座ってって」

言うと、彼女も白衣を脱ぎ、手早くブラウスとスカートを脱ぎ去った。下は色っぽい黒い下着だ。

ブラを外すと、何とも見事な巨乳がぶるんと弾けるように露わになり、生ぬるく甘ったるい匂いが漂った。

さらにためらいなく最後の一枚も脱ぎ去ると、

「あの、どうか白衣だけ羽織って下さい」

彼が願望を口に出すと、

「いいわ、マニアックなのね」

美津江も快く、全裸の上から白衣を着てくれた。ボタンは嵌めないので、間から巨乳と恥毛が覗いて、全裸以上に艶めかしかった。

そして彼女は検診台に上り、白衣の裾をめくって腰を下ろすと、自分から脚を広げて台に乗せた。

「ああ、新品のとき試しに座ってみたけど、人の前で座るのは初めてよ」

美津江も羞恥に声を震わせて言い、紘夫は椅子に座って足首を固定してから彼女の股間に顔を寄せた。

「初めてだから見たいだろうけど、観察するだけよ……」

「嗅いだり舐めたりしたい……」

「ダメ、シャワーも浴びていないのだし、女はあなたが思ってるほど清潔なものじゃないのよ。見たらベッドに移るからすぐ入れて」

美津江は言い、とにかく紘夫は美人女医の割れ目に瞳を凝らした。

肉づきの良い脚がM字になり、量感ある内腿が白くムッチリと張り詰め、中心部には熱気と湿り気が籠もっているようだ。

ふっくらと丸みを帯びた丘には黒々と艶のある恥毛が情熱的に濃く密集し、下の方は愛液の雫を宿していた。

ハート型にはみ出した陰唇もヌメヌメと潤い、そっと指を当てて左右に広げると、微かにクチュッと湿った音がして中身が丸見えになった。

「アア……」

触れられた美津江が熱く喘ぎ、ヒクヒクと内腿を震わせた。

中は襞の入り組む膣口が息づき、この穴からかつてあの可憐な亜美が産まれ出てきたと思うと、さらに興奮が高まった。

ポツンとした小さな尿道口もはっきり見え、包皮の下からは小指の先ほどもあるクリトリスが光沢を放っていた。さらに尻の谷間も見え、薄桃色の蕾がひっそり閉じられていた。

「も、もう、入れる穴も分かったからいいでしょう……」

美津江が息を詰めて言ったが、彼は堪らずにギュッと股間に顔を埋め込んでしまった。

「あう……！」

美津江は声を洩らしたが、突き放すようなことはしなかった。

彼は柔らかな茂みに鼻を擦りつけて嗅ぎ、生ぬるく甘ったるい汗の匂いと、ほのかに混じる残尿臭、さらには溢れる愛液の生臭い成分も感じながら鼻腔を刺激された。

「いい匂い……」

「う、嘘よ。いい匂いの筈ないわ……」

思わず言うと、美津江が下腹をヒクヒク波打たせて言ったが、構わず彼は舌を挿し入れていった。

淡い酸味のヌメリが舌の動きを滑らかにさせ、彼は膣口の襞をクチュクチュ掻き回し、柔肉をたどってクリトリスまで舐め上げていった。

「アアッ……、いい気持ち……！」

美津江が仰け反り、ギシギシと検診台を軋ませて悶えた。

紘夫が悩ましい匂いを貪りながらチロチロと舌を蠢かせてクリトリスを刺激

すると、さらに愛液が大量に溢れてきた。

味と匂いを堪能してから、さらに潜り込むようにして尻の谷間に鼻を埋め、顔中を双丘に密着させて蕾に籠もる匂いを嗅いだ。

蒸れた汗の匂いが籠もって鼻腔が刺激され、彼は舌を這わせてからヌルッと潜り込ませた。

「あう、ダメ……」

美津江は呻き、肛門でキュッと舌先を締め付けてきたが、朦朧として拒む力も出ないようだった。

紘夫は舌を蠢かせ、滑らかな粘膜の感触と、淡く甘苦い微妙な味覚を確かめた。すると鼻先にある割れ目から、白っぽく濁った本気汁がトロトロと溢れてきた。

ようやく舌を移動させ、再び雫を舐め上げながらクリトリスに吸い付くと、

「い、いきそうよ、もう止めて、続きはベッドで……」

彼女が哀願するように言うので、ようやく彼も舌を引っ込めて顔を上げた。

そして移動し、白衣を開いて巨乳に顔を埋め込み、乳首を吸って舌で転がし

た。白衣の内部には甘ったるく濃厚な汗の匂いが籠もり、甘美な悦びで胸が満たされた。

左右の乳首を順々に含んで舐め回し、顔中で柔らかな膨らみを味わうと、さらに乱れた白衣に潜り込み、生ぬるく湿った腋の下にも鼻を埋めて嗅いだ。

舌を這わせるとスベスベで、彼女はくすぐったそうに悶えた。

「さあ、早く……」

美津江が言うので、紘夫も再び移動し、彼女の足首の戒めを解きながら、指の間に鼻を割り込ませて嗅いだ。そこは汗と脂にジットリ湿り、ムレムレの匂いが濃く沁み付いていた。

「ここもいい匂い」

「あう、どうしてそんなところ嗅ぐの……」

彼女が呻き、さらに紘夫は爪先にしゃぶり付いて左右とも、全ての指の股を舐めてしまった。

「アア……、汚いからダメよ……」

美津江が嫌々をして喘ぎ、やがて彼も堪能し尽くし、両足ともマジックテープを外してやると、フラついて検診台を降りる彼女を支え、一緒に診察ベッドへと移動していったのだった。

3

「いけない子ね。舐めたらダメって言っておいたのに……」

白衣を羽織ったまま美津江は詰るように言うと、仰向けになった紘夫の股間に屈み込み、再びしゃぶり付いてくれた。

スッポリと根元まで呑み込むと、彼女は熱い息を股間に籠もらせ、執拗に舌をからめて肉棒を生温かな唾液にまみれさせた。

「ああ、いきそう……、跨いで入れて下さい……」

すっかり絶頂を迫らせた紘夫が言うと、美津江も吸い付きながらスポンと口を離し、顔を上げて前進してきた。

「いいの？　私が上でも。初体験は正常位の方が」

「綺麗な人は下から見上げたいので……」

「そう、実は私も上の方が勝手に動けて好きなの。ピル飲んでいるから中出しも大丈夫よ」

美津江が言い、彼の股間に跨がってきた。

避妊も専門家だから、あるいは娘の亜美も、生理不順の解消のためとかで母親に処方されたピルを服用しているかも知れない。

幹に指を添えて先端に割れ目を押し当て、彼女は息を詰めてゆっくり味わいながら腰を沈めてきた。

たちまち彼自身は、肉襞の摩擦を受けながらヌルヌルッと滑らかに根元まで呑み込まれていった。

「アアッ……！」

完全に座り込むと、美津江が顔を仰け反らせて熱く喘ぎ、若いペニスを噛み締めるように目を閉じた。そして密着した股間をグリグリ擦り付けてから、ゆっくり身を重ねてきた。

紘夫も下から両手で抱き留め、僅かに両膝を立てて豊満な尻を支えた。

彼も熱いほどの温もりときつい締め付けに包まれながら、内部で歓喜に幹をヒクヒクさせた。

どうやら友恵との出会いが、全ての女性運の切っ掛けになっているようで、彼にとって友恵は幸運の女神であった。

美津江の顔を抱き寄せて唇を求めると、彼女も上からピッタリと密着させてくれた。

柔らかな感触を味わいながら舌を挿し入れると、すぐに彼女も肉厚のぽってりした舌を触れ合わせ、チロチロとからみつけてきた。

生温かな唾液に濡れて滑らかに蠢く舌は何とも心地よく、紘夫は滴る唾液を味わいながらズンズンと股間を突き上げはじめた。

「ンンッ……」

美津江も熱く鼻を鳴らし、合わせて腰を遣うと、すぐにも二人の動きが滑らかに一致し、ピチャクチャと淫らに湿った摩擦音も響いてきた。

大量に溢れる愛液が互いの股間をビショビショにさせ、やがて美津江が息苦しくなったように口を離した。

「アア、気持ちいいわ、すぐいきそうよ……」

動きを速めながら喘ぐと、口から吐き出される息は白粉のような甘さを含み、さらにブランチの名残のように淡いオニオン臭の刺激も混じって彼の鼻腔を掻き回してきた。

恐らく食後にケアする余裕もなく、しかもマスクして診察するから、あまり気にしていないのだろう。むしろ清潔に思える女医がリアルで濃い匂いをさせているのが、ギャップ萌えで彼の興奮を煽った。

「唾を飲ませて……」

「出るかしら……」

下からせがむと美津江は答え、喘ぎ続けて乾き気味の口中に懸命に唾液を分泌させると、口移しにトロトロと吐き出してくれた。

生温かく小泡の多い粘液が注がれると、彼はうっとりと味わい、甘美な悦びとともに喉を潤した。

「しゃぶって……」

さらに彼女の口に鼻を押しつけて言うと、美津江も厭わずヌラヌラと舌を這わせてくれた。

「ああ、お口が、いい匂い……」

「いい匂いの筈ないわ……」

吐息を嗅ぎながら言うと、美津江は恥じらうように答え、膣内の収縮を活発にさせていった。

なおも股間を突き上げ続けると、一足先に美津江の方がオルガスムスに達してしまったようだ。

「い、いく……、アアーッ……！」

声を上ずらせ、ガクガクと狂おしい痙攣を繰り返しながら、キュッキュッと膣内をきつく締め上げてきた。その刺激に、続いて彼も激しく昇り詰めてしまった。

「く……！」

突き上がる大きな絶頂の快感に呻き、熱い大量のザーメンをドクンドクンと勢いよく中にほとばしらせると、

「あう、感じるわ、もっと……！」

奥深い部分を直撃され、彼女は駄目押しの快感を得たように呻いた。

紘夫も摩擦と匂いを味わい、心ゆくまで快感を噛み締めながら、最後の一滴まで出し尽くしていった。

すっかり満足しながら徐々に突き上げを弱めていくと、

「アア……」

彼女も満足げに声を洩らし、熟れ肌の硬直を解いて力を抜きながらグッタリともたれかかってきた。

まだ膣内は名残惜しげな収縮を繰り返し、まるで歯のない口に含まれ舌鼓でも打たれているようだった。刺激され、射精直後で過敏になっているペニスがヒクヒクと内部で跳ね上がると、

「あう……、もう堪忍……」

美津江も敏感になっているように、熱く呻いた。

紘夫は美熟女の吐き出す息を胸いっぱいに嗅ぎ、悩ましい匂いで胸を満たしながら、うっとりと快感の余韻に浸り込んでいった。

「ああ、こんな若い子とするなんて初めて……」

彼女は呼吸を整えながら言い、そろそろと股間を引き離した。

「バスルームへ行きましょう……」

美津江が言って診察ベッドを降りると、紘夫も身を起こして一緒に診察室を出た。奥のドアの向こうが母屋になっていて、廊下を進むとすぐにバスルームがあった。

彼女は白衣を脱ぎ、二人でバスルームに入るとシャワーの湯で互いの全身を洗い流した。

「もし亜美とするときは、受け身ばかりではダメよ」

美津江が言い、どうやら娘がされることにも抵抗がないようだった。

むしろ大学生になっても無垢だから、奥手な娘を心配しているのかも知れない。美津江自身、まだ学生だった二十一歳のときに亜美を生んで、しかも医学部を卒業しているのである。

「え、ええ……」

「最初は正常位で、痛そうだったらゆっくり」

「分かりました……」

そんな話をしているうち、彼自身はすっかりピンピンに回復してしまった。

何しろ湯を弾くほど脂の乗った熟れ肌と、バスルーム内に籠もる甘ったるい匂いで、すぐにも反応してしまったのである。

「ね、オシッコしてみて」

紘夫は例により、アブノーマルな要求をしてしまった。

「まあ、そんなことされたいの……」

美津江は驚いて答え、そんな男に娘は任せられないと言うかと思ったが、むしろ好奇心に目をキラキラさせてきた。

「少しだけど、どうすればいいの？」

彼女が言うので、紘夫は広い洗い場に仰向けになった。そして顔に跨がってもらい、迫る割れ目を見上げた。

「アア……、こんな格好、恥ずかしいわ……」

和式トイレスタイルで男の顔に跨がり、美津江が完全にしゃがみ込みながら喘いだ。

豊満な腰を抱き寄せ、濡れた茂みに鼻を埋めたが、もう大部分の濃かった匂いは消えてしまったが、舐めるとやはり新たな愛液が漏れて舌の動きがヌラヌラと滑らかになった。

彼女は両手でバスタブのふちに手をかけ、座り込まないようにしているが、その姿は何やらオマルにでも跨がっているかのようだ。

「ああ、出そうよ。顔にかけていいの……？」

尿意が高まると美津江が声を震わせ、返事の代わりに吸い付いて舌を這わせると、すぐにも柔肉が蠢いて温もりと味わいが変化した。

「あう、出る……」

彼女が言うなりポタポタと温かな雫が滴り、間もなくチョロチョロとした一条の流れとなって彼の顔に注がれた。

仰向けなので噎せないよう気をつけながら味わい、喉に流し込んだが、やはり味も匂いも控えめで実に上品なものだった。

「アア、こんなことするなんて……」

美津江は喘ぎながら放尿を続けたが、一瞬勢いが増すと、すぐに流れは治まってしまった。

彼は残り香の中で雫をすすり、柔肉を舐め回した。すると新たな愛液の淡い酸味が割れ目内部に満ちてきたのだった。

4

「ね、今度はこっちの部屋で」

バスルームを出て互いに身体を拭くと、美津江は白衣は着ずに置いたまま、紘夫を母屋の寝室へと招いた。

入るとベッドが二つ、セミダブルとシングルが並んでいる。大きい方が夫のものだが、今はあまり夫婦生活もないようだった。

美津江が使うシングルベッドに横たわると、すぐに彼女も添い寝して肌を寄せてきた。

「じゃ今度は正常位を試して」

美津江が仰向けになり、身を投げ出してきたので彼ものしかかろうとした。

「待って、舐めて濡らすわ」

彼女が言い、紘夫の手を引いて巨乳を跨がせた。

すると美津江は巨乳の谷間にペニスを置くと、両側から手で挟んで揉みしだいた。

肌の温もりと柔らかな膨らみの谷間で揉みくちゃにされ、彼自身は最大限に膨張していった。

さらに美津江が顔を上げて先端にチロチロ舌を這わせ、亀頭を含んで吸い付き、クチュクチュと舌をからめてきた。

「ああ、気持ちいい……」

紘夫も快感に喘ぎ、生温かな唾液にまみれた幹をヒクヒク震わせた。

そして彼女も充分にペニスをしゃぶり尽くすと、陰嚢にも舌を這わせて睾丸を転がし、尻の真下にも潜り込んで肛門を舐めてくれた。

「あう……」

ヌルッと潜り込むと彼は呻き、モグモグと味わうように肛門で美熟女の舌先を締め付けた。彼女も充分に中で舌を蠢かせてから離れ、もう一度ペニスをしゃぶってから口を離した。

大股開きになった真ん中に身を置き、紘夫は股間を進めた。

もう舐めるまでもなく、彼女の割れ目は大量の愛液が大洪水になっている。

先端を割れ目に押し当て、ゆっくり膣口に押し込んでいくと、

「アア……、いいわ、そのまま奥まで来て……」

美津江がリードするように言って喘いだ。

ヌルヌルッと滑らかに根元まで挿入すると、彼は股間を密着したまま脚を伸ばし、熟れ肌に身を重ねていった。

すると彼女が両手を回して抱き留め、胸の下で巨乳が心地よく押し潰れて弾んだ。

「ああ、奥まで届くわ。動いて、いつでもいっていいわ。私もすぐいきそうだから……」

美津江が熱く甘い息を弾ませて囁き、下からズンズンと股間を突き上げはじめた。彼も合わせて腰を突き動かすと、滑らかな摩擦にジワジワと絶頂が迫ってきた。

紘夫も彼女の喘ぐ口に鼻を押し当て、熱く湿り気ある白粉臭の吐息を嗅いで鼻腔を刺激されながら高まった。

やはり上だと自由に動けるので、果てそうになると動きを弱め、あるいは浅い部分で緩急を付けて動きながら、たまにズンと深く突くと、

「アア……、いいわ。上手よ……！」

美津江も息を弾ませて言い、快感を高めているようだった。

さっき射精したばかりだから、焦らすように動いているうち、どうにも快感が高まると彼もいつしか股間をぶつけるように激しく腰を突き動かしていた。

「い、いっちゃう……！」

たちまち紘夫は昇り詰めて声を洩らし、ありったけの熱いザーメンをドクンドクンと勢いよく注入してしまった。

「アアーッ……！」

奥に感じた噴出を合図にするように美津江も声を洩らし、ガクガクと狂おしいオルガスムスの痙攣を開始したのだった。

しかもブリッジするように激しく腰を突き上げて反り返るので、紘夫はバウンドしながら暴れ馬にしがみつく思いで、必死に引き抜けないよう腰の動きを合わせた。

そして美女のかぐわしい吐息を嗅ぎ、収縮と摩擦の中で彼は快感を味わい、心置きなく最後の一滴まで出し尽くしていった。

二度の射精でようやく満足すると、紘夫は徐々に動きを弱め、豊満な熟れ肌に体重を預けていった。

「ああ……、すごかったわ……」

美津江も声を洩らして強ばりを解き、彼を受け止めながら何度も膣内を収縮させていた。

紘夫は美熟女の温もりと匂いに包まれながらうっとりと余韻を味わい、いつまでも荒い息遣いを繰り返していたのだった。

5

「え？　武道の道場へ……？」

紘夫が美津江と別れ、茗荷谷の駅まで来たところで、スマホに香織からのラインが入った。午後三時過ぎである。

それには学内にある武道場で、香織の知り合いである四年生の斉木明日香が主催する薙刀サークルに友恵が行くというのである。

とにかく紘夫も、香織に行くと返信をし、急いで地下鉄を乗り継いで大学へと向かうことにした。

薙刀サークルはマイナーで、あまりに人数が少ないのでクラブ活動の申請が降りなかった。それで明日香たち有志は剣道場や空手道場の稽古がないとき、場所を借りて練習していたのである。

明日香は、薙刀部のある中学高校の出身で、実家も道場らしい。それで大学に入ってからも熱心に部員を募り、活動していたようだ。

もちろん明日香は近代史サークルにも籍を置いているので、紘夫も同い年の彼女と何度か顔を合わせて知っていた。来春の卒業後は実家に戻り、道場を継ぐのだろう。

二十二歳の明日香は凛とした古風な雰囲気を持ち、そういえば友恵とも話が合うのではないかと思った。

そんな話を香織から聞いた友恵は、矢も楯もたまらず行ってみたいと言い出したのだろう。

やがて大学に着くと、紘夫は普段滅多に足を運ばない運動部系の一角へと行った。間もなく冬休みだが、各クラブは熱心に活動をしていたが、剣道場へ行くと、薙刀部の五、六人ほどが防具を着けて稽古していた。

あとで聞くと、女子剣道部の一行は試合に出向いて、今日は道場が空いていたらしい。

皆が稽古している中、一人だけ面を脱いでいた明日香が近づいてきた。

ショートカットで眼差しがきつく、スラリとした長身の美女だが近寄りがたい雰囲気を持っている。

「こんにちは、宮辺君。いま香織さんと友恵さんは更衣室にいるわ」

明日香が言う。どうやら友恵は稽古着と防具を借りて仕度し、香織が付き添っているようだ。

「あの友恵さん、十八に見えないほど大人びているわ。私と同じぐらいかと思った」

「ああ、長く田舎(いなか)の方で少女たちの指導に当たっていたようだからね」

「恋人同士なの？　彼女、早く宮辺君が来ないかなと言っていたから」

「うん、彼女が上京して最初に知り合ったのが僕だから」

紘夫は曖昧に答えたが、明日香は興味津々のようだ。

すると更衣室の戸が開き、香織と友恵が出てきた。

香織は私服のままで、友恵は稽古着に袴、胴に垂れ、脛当てに小手を着け、面を持っていた。

「紘夫さん」

友恵が、嬉しげに駆け寄って言った。

すると明日香も来て、

「では仕度をどうぞ。みな稽古止め！」

友恵と部員に言うと、一同は稽古を止めて整列した。

「吉沢友恵さんです。今日だけ稽古に加わるのでよろしく」

明日香が良く通る声で言うと、友恵も一同に礼をし、手拭いを巻いて面をかぶった。

紘夫は香織と一緒に隅に座って見学し、彼は緊張の中でも不謹慎ながら、道場内に立ち籠める女子たちの生ぬるく甘ったるい濃厚な汗の匂いに股間を熱くさせてしまった。

しかし、紘夫を見たときの笑顔は消し、友恵は闘志満々できりりと面紐を締めた。

彼女にしてみれば終戦以来、四ヶ月ぶりの稽古であろう。米英への怒りや終戦の落ち込み、逃げ出してビルから飛び降りた苦い思い出など、それらを払拭するごとく、久々の稽古に燃えているようだった。

「この胴は軽くて頑丈。竹ではないのね」

「グラスファイバーです」

友恵が防具を整えながら言うと明日香が答え、立ち上がった彼女に得物を渡してやった。

友恵は薙刀を受け取り、何度か素振りをくれたが、すぐ向き直った。

「では、最初は大崎さん、相手をして」

明日香が指名すると、女子たちの真ん中から一人が進み出た。明日香は、まず中堅クラスで友恵の技を見ようというのだろう。

互いに礼を交わして対峙すると、相手の女子が気合いを発して間合いを詰めてきた。

「エエーイ！　あ……！」

彼女が様子見に技を繰り出そうとした瞬間、声を上げて後方に吹っ飛んでいた。素早すぎて見えなかったが、どうやら友恵の猛烈な面が決まり、そのまま体当たりで吹き飛ばされたようだ。

「め、面あり！」

明日香が息を呑んで言い、倒れた彼女はしばらく起き上がれないようで仲間が介抱した。

（す、すごい……）

見ていた紘夫は、一瞬で勝負を付けた友恵に感嘆の眼差しを送った。隣の香織も目を丸くし、甘ったるい匂いを漂わせていた。

「お次どうぞ！」

友恵が言い、端の一人が前に出てきた。もう明日香は卒業間近で主将は引退しているので、新主将であろうか。

礼を交わして対峙、今度は相手も慎重に間合いを取っていたが、友恵の方が脇構えからスーッと滑らかに進み、いきなり下段霞の構え（切っ先を斜め下に向けて相手に迫る）に変えるなり、風のように弧を描いた切っ先が鋭く相手の脛に炸裂した。

「ウ……！」

あまりの激しさに、打たれた相手が呻きながらもんどり打って倒れた。

また何人かが駆け寄って介抱した。

「みな無理なようね。じゃ全員面を外して休憩！」

明日香が言い、自分が正座して頭に手拭いを巻き、面を着けはじめた。

いよいよ最も強い明日香の登場である。

友恵は明日香の仕度が調う間、息も切らさず得物を立てて待っている。

やがて明日香が立ち上がると、互いに礼をした。

明日香は、友恵の強さを恐れはせず、冷静に対峙していた。

双方の気迫が周囲にも伝わり、一同は呼吸すら忘れたように目を凝らすばかりだった。

明日香は先手を取らすまいと、最初から積極的に仕掛けていった。

だが彼女の面、小手、胴、脛の攻撃を友恵は最小限の動きで躱し、それは舞うように華麗で美しい体さばきだった。

普通なら明日香の素早い連続技に目が回ることだろうが、全て友恵は太刀筋を見切っていた。

ふと明日香の動きが止まった瞬間、一歩踏み込んだ友恵の鋭い突きが彼女の喉に炸裂していた。

「ク……！」

さすがに倒れなかったが、明日香は呻いて数歩よろめくように後退し、そこで得物を下げた。

「参りました。突きを頂戴」

明日香が言うと友恵も闘志を消し、互いに礼を交わした。

双方道場の端に戻って座り、面小手を脱いだ。

「とても敵わない強さだわ。何か、皆に言葉をお願いします」

喉を突かれ、かすれた声で明日香が言うと、友恵が立って前に出た。

「いきなりお邪魔して申し訳ありません。率直な感想を言うならば、皆様のはお嬢様の薙刀です。それで本当に敵が倒せましょうか。競技として一本取るのではなく、戦場で相手の命を絶つ、撃ちてし止まんの精神が欠けていると思われます」

友恵が堂々と歯切れ良く言った。

「撃ちて、何ですか？」

一人の女子が、ノンビリした口調で言った。友恵が十八歳と聞いていたらしく、強さ以外に敬意を払えないのだろう。

「古事記の中つ巻きに書かれている、神武天皇の言葉です。それぐらい知らないのですか」

友恵が、そちらに向かって言うと、

「知ってるわけないじゃん……」

と小声で答えた。

すると友恵はツカツカと迫り、いきなり目にも止まらぬ往復ビンタ。しかも音が一回しか聞こえないという猛烈さだ。

「キャッ……！」

撲たれた女子は悲鳴を上げ、そのまま泣きはじめた。

「これしきで泣くな！　教えてもらいその態度は何か！」

道場内に響く叱咤（しった）の声に、見ていた紘夫まで震え上がった。

さすがに戦時中と言えばそれまでだが、このようにして友恵は女学生たちに指導していたのだろう。

すると明日香が、目を輝かせていた。

「す、素晴らしい……」

今まで自分がしたくて出来なかったことを、いとも簡単にやってのける友恵に尊敬の念を湧かせたようだ。それだけ、部員の中には中途半端な気持ちのものが半数はいるのだろう。

「武道とは生き死にの道である。若い男女が愛する国のため、命をなげうってきた歴史を知らないのか！」

友恵の叱声がビンビン響いていたが、その剣幕に一同がシュンと肩を落とすと、彼女は明日香に向き直った。

「失礼いたしました。つい自分の稽古場のように思い、出過ぎたことを」

「い、いいえ、有難うございました」

明日香が言うと友恵も頷き、再び正座して借りた防具を全て脱いだ。

そして防具をまとめて棚へ返し、稽古着と袴姿で、

「紘夫さん」

彼に声を掛けながら更衣室に入った。

「だ、男子が入っても良いですか」

「どうぞ」

訊くと明日香が答え、紘夫は一緒に更衣室に入っていった。

更衣室内にも、女子たちの汗の匂いが何とも濃厚に立ち籠めていた。

「いかがでしたか、私の戦いぶりは」

友恵が、やり過ぎを咎（とが）められるなど思いもせず、笑顔で彼に言った。

「あ、ああ、すごい技だね。さすがに戦後のスポーツとは違うよ。でも稽古はともかく、ビンタはいけないね」

「そうでしょうか。叩（たた）かれて肝に銘じるものです。私もそうでした」

「うん、そうだね……」

やはり分かってもらえそうもないので紘夫は諦め、友恵は彼の前も構わず稽古着と袴を脱いで手早くたたみ、現代的な清楚な洋服に着替えた。

「早く、また二人きりになりたいです」

友恵が、激しい戦いぶりなど嘘のように笑みを洩らして言ったが、さすがに武道場の中で唇を求めるようなことはしなかった。

全て彼女の着替えに付き合ったと思われるのも困るので、

「じゃ、先に出ているからね」

彼は言い、一足先に更衣室を出た。道場では、また一同は面を着けてゆるい稽古を再開していたが、やはり気合いが入らないようで、意気揚々としているのは明日香だけだった。

間もなく友恵も出てきたので、香織も立ち上がった。

「ではお邪魔しました」

香織が言うと、明日香が駆け寄ってきた。

「今日は有難うございます。またご連絡しますね」

明日香が言い、やがて三人は正面に礼をして道場を出た。

外に出ると、香織もほっとしたように肩の力を抜いた。

「まさか、あんなにすごいとは思わなかったわ。一時は、どうなることかと思ったけど、明日香は人間が出来ているから、あとで上手く皆にフォローするでしょう」

香織は言い、暮れなずむ空を見上げた。

「じゃ三人で夕食しましょうか」

皆で近くのレストランに入ったが、今日も香織は車なのでノンアルコール、友恵も徐々に今の食べ物に慣れてきたらしく、自分からメニューを見て煮魚を選んだ。

もう冬休みなので香織も時間が取れ、友恵に付ききりで現代教育をしているようで、友恵も頭が良いから何でも吸収し、順応してきたようだ。

それでも武道のように熱い場になると、さっきのような言葉が自然に口を突いてしまうのだろう。

紘夫も料理を頼んだが、やはりまだ丑男のことは言わず、良い時期を待とうと思った。

やがて食事を終えると彼は香織の車でハイツまで送ってもらい、そのまま寄らずに二人は香織のマンションへ帰ってしまった。

部屋に戻った紘夫は、パソコンのメールを開き、美津江の家から送った写真をアップして保存した。美津江にお願いし、深川の家族四人の写真と、その後の丑男のスナップを何枚か写メさせてもらったのである。

そして作業を終えると横になり、美津江とのことや、友恵の勇姿などを思い出しながら眠りに就いたのだった。

第四章　美処女の熱き欲望

1

「ゆうべはお友達の家に泊まっちゃいました。今日これから帰るのだけど、良ければうちに来ませんか」

朝、亜美から紘夫に電話があった。

「うん、いいけど」

「今日は医院も休診で、ママはパパの大学病院へ手伝いに行ってるんです」

要するに、誰もいないところで会いたいというのだろう。

紘夫は快諾（かいだく）してシャワーと歯磨きを済ませ、いそいそと出向いていった。

そして茗荷谷の駅を降りると、先を歩いている亜美に追いついた。

「宮辺さん」

亜美が嬉しげに笑顔で振り向き、家まで一緒に歩いた。

「外泊もママはＯＫなんだね」

「ええ、ゆうべは仲良しの女の子の家だって知っているから」

亜美は答え、家に着くと確かに医院の方は休診の札がかかっており、彼女は母屋の玄関の鍵を開けて入った。

紘夫が上がり込むと、彼女はドアを内側からロックし、階段を上がって二階の自室に彼を招き入れた。

八畳ほどの洋間にカーペットが敷かれ、窓際にベッド、手前に学習机と本棚があり、あとはロッカー。そして女の子らしいぬいぐるみなども置かれ、室内には生ぬるく甘ったるい思春期の体臭が立ち籠めていた。

亜美はベッドの端に腰掛け、彼には学習机の椅子をすすめた。

「昨日、ママといろいろお話ししたの？」

「ああ、丑男さんを知ってる人がいたので、いろいろ聞いてずいぶん分かって助かったよ」

言われて、紘夫は亜美にとって曾祖父に当たる丑男の話をした。

もちろん亜美は、昨日紘夫が美津江と、診察室と寝室で濃厚なセックスをしたなど夢にも思っていないだろう。

「そう、役に立ったのなら良かったわ。ママ、他には何か言っていなかったかしら。私と付き合ってあげて欲しいとか」

「うん、何となく、それらしいことは言っていたような」

「やっぱり。ママは学生結婚で進んでいた方だから、私が未だに誰とも付き合っていないのを心配しているみたい」

亜美が言い、好奇心いっぱいの眼差しを向けてきた。ボブカットに笑窪（えくぼ）と八重歯が可憐で、まだ無垢なのに肉体ばかりムチムチと成熟しているのを恥じらうような雰囲気があった。

そして母親に似て、ブラウスの胸も豊かな膨らみを持ちはじめていた。

紘夫は激しく勃起し、彼女もまた初体験を望んでいるようなので本題に入ってしまった。

「亜美ちゃんは、ママにピルとかもらって飲んでいるのかな」

「ええ……、それって、体験させてくれるってことですか……」

いきなり言われ、亜美はビクリと身じろぎながらも、素直な願望を口にしてきた。元より、誰もいない家に彼を呼んだのだから、亜美も充分すぎる期待を抱いていたことだろう。

「させてくれるなんてものじゃなく、僕の方からお願いしたいんだ。亜美ちゃんは、前からすごく可愛いと思っていたから」

「本当？　すごくドキドキしてきたわ。じゃ急いでシャワー浴びてきます」

亜美は白桃のような頬を上気させて言い、腰を浮かせた。

「あ、僕は出がけに浴びてきたからね、亜美ちゃんはそのままでいいよ」

「だって、ゆうべはお喋りに夢中でお風呂も入ってないんです」

亜美がモジモジと言う。

では最後の入浴が一昨夜ぐらいだろう。それなら、友恵ほど濃厚でなくても期待できるフェロモンの濃度に違いない。

「うん、構わないよ。じゃ脱ごうか」

紘夫は言って立ち、自分から脱ぎはじめていった。

亜美も意を決したように窓のカーテンを閉め、立ち上がって服を脱ぎはじめてくれた。

カーテンが二重に閉められても、冬の陽が隙間から射し込み、充分に観察できる明るさだった。

先に手早く全裸になった紘夫は、彼女のベッドに身を横たえ、枕に沁み付いた匂いを嗅ぎながら、脱いでゆく美少女を見た。

亜美も背を向けてブラウスを脱ぎ、スカートとソックスを脱いで下着姿になった。さらにブラを外すと、

「あ、まだ高校時代の制服とか持ってる？　あるなら着てみて」

「あるけど、恥ずかしいな……」

亜美は答え、下着一枚でロッカーを開け、奥の方に掛かっていたセーラー服を取り出した。そして濃紺のスカートを穿くと、まだ高校卒業から九ヶ月ちょっとだから体型も変わらず、ピッタリだった。

さらに白い長袖のセーラー服を着ると、襟(えり)と袖(そで)も濃紺で三本の白線、そしてスカーフは白だった。

着終わると、彼女は裾をめくって最後の一枚を脱ぎ去り、向き直ってベッドに迫ってきた。

「わあ、すごく可愛いよ」

紘夫は、目の前に出現したセーラー服の美少女に目を見張り、感動と興奮の声を洩らした。単なるコスプレではなく、本人が本当に三年間着たものだから、スカートの尻などは僅かにすり切れた感じである。

亜美が羞じらいながらベッドに上ってくると、

「ここに座ってみて」

仰向けになった紘夫は、自分の下腹を指して言った。

亜美は素直に、あまり彼の股間を見ないようにしながら、恐る恐る跨がってしゃがみ込んできた。

「あん、重くないですか……」

彼女は言い、ノーパンの割れ目を紘夫の下腹に密着させて座り込んだ。

「うん、じゃ両脚を伸ばして、足の裏を僕の顔に乗せて」

「そ、そんなこと無理です……」

亜美が言って身じろぐと、密着した割れ目が擦れて微かな湿り気が伝わってきた。

「そうしてもらうのが夢だったんだ」

紘夫は言って彼女の両足首を掴んで引き寄せ、立てた両膝に彼女を寄りかからせた。

「アア……」

思っていた初体験と違う行為に喘ぎながらも、亜美は素直に両脚を伸ばし、引っ張られるまま左右の足裏を彼の顔に乗せてくれた。

紘夫は、制服美少女の全体重を受けて陶然となり、スカートに覆われたペニスを急角度に跳ね上げ、彼女の腰をトントンとノックした。

人間椅子に座り、彼女がバランスを取ろうと腰をよじるたび割れ目が下腹に擦られ、湿り気が増してくるようだった。

彼は両の足裏の感触を顔中で味わい、舌を這わせながら縮こまった足指に鼻を押し付けて嗅いだ。指の股は、やはり生ぬるい汗と脂にジットリ湿り、ムレムレの匂いが濃く沁み付いて悩ましく鼻腔を刺激してきた。

左右とも充分に嗅いでから爪先にしゃぶり付き、順々に指の間に舌を割り込ませて味わうと、

「あう……、ダメです、汚いから……」

亜美が呻き、くすぐったそうに唾液に濡れた指で舌先を挟み付けてきた。

構わず両足とも、味と匂いが薄れるほど貪り尽くすと、彼はようやく口を離し、亜美の両足首を掴んで顔の左右に置いた。

「じゃ顔に跨がってね」

言いながら手を引っ張ると、

「あん……、無理です……」

むずがるように言いながらも、引っ張られるまま彼女はフラフラと前進し、とうとう彼の顔の上に和式トイレスタイルでしゃがみ込んでしまった。

脚がM字になると、白く健康的な脹ら脛と太腿がムッチリと張り詰め、ぷっくりと丸みを帯びた割れ目が鼻先に迫り、熱気と湿り気が彼の顔中を包み込んできた。

丘の若草は楚々として、ほんのひとつまみほど恥じらうように煙り、割れ目からはみ出したピンクの花びらは、ヌラヌラと清らかな蜜に潤っていた。

そっと指を当てて陰唇を左右に広げると、

「あう……」

触れられた亜美がビクリと反応して呻き、中身が丸見えになった。

中の柔肉も綺麗なピンクで、処女の膣口が襞を入り組ませて息づいていた。

小さな尿道口も確認でき、包皮の下からは小粒のクリトリスが顔を覗かせ、ツヤツヤと光沢を放っていた。

「アア……」

亜実が真下からの熱い視線と息を感じて喘ぐと、もう溜まらず彼は腰を抱き寄せて顔を埋め込んでしまった。

柔らかな若草に鼻を擦りつけて嗅ぐと、生ぬるく甘ったるい汗の匂いが籠もり、それに蒸れたオシッコの匂いと、処女特有の恥垢（ちこう）か、淡いチーズ臭も混じって鼻腔を刺激してきた。

彼は胸を満たしながら、そろそろと舌を挿し入れていった。

2

「アアッ……、は、恥ずかしい……」

紘夫が無垢な膣口の襞をクチュクチュ掻き回し、クリトリスまで舐め上げていくと、亜美が熱く喘いだ。思わず力が抜けてギュッと座り込みそうになるのを、懸命に彼の顔の左右で両足を踏ん張った。

チロチロと舌先でクリトリスを舐めると、潤いが格段に増してきた。

彼は美少女の味と匂いを堪能してから、さらに尻の真下に潜り込み、顔中にひんやりした双丘を受け止めながら、谷間にひっそり閉じられた可憐な蕾に鼻を埋めて嗅いだ。

やはり蒸れた汗の匂いが籠もり、彼は充分に嗅いでから舌を這わせ、細かに収縮する襞を濡らして、ヌルッと潜り込ませていった。

「あう、ダメ……」

亜美が違和感に呻き、キュッと肛門で舌先を締め付けてきた。

紘夫は舌を蠢かせ、内部の滑らかな粘膜を味わい、ようやく舌を再び割れ目に戻して淡い酸味のヌメリを舐め取り、クリトリスに吸い付いた。

「アア……、い、いっちゃいそう……！」

亜美が喘ぎ、ビクッと股間を引き離してしまった。

いくということは、クリトリスオナニーはして、それなりの絶頂も知っているのだろう。

「じゃ、今度は僕のを可愛がって」

紘夫が言って仰向けのまま大股開きになると、亜美も素直に移動して彼の股間に腹這い、顔を寄せてきた。

「変な形……」

亜美は熱い視線を注いで呟き、恐る恐る勃起した幹に触れてきた。

しかし、いったん触れてしまうと度胸がついたように幹から張り詰めた亀頭を撫で、掌に包んで感触を確かめるようにニギニギしてくれた。

「ああ、気持ちいいよ……」

彼も無垢な愛撫に喘ぎ、美少女の手の中でヒクヒクと幹を震わせた。

「こんな太くて大きなものが入るのかしら……」

亜美は言い、さらに陰嚢もいじり回して二つの睾丸を転がし、

「これ、お手玉みたい……」

囁くと袋をつまみ上げて、肛門の方まで覗き込んだ。

「ね、お口で可愛がって。ここ舐められる？　僕は綺麗にしてきたからね」

言って両脚を浮かせ、尻を突き出しながら抱えると、

「私のは綺麗じゃなかったの……？」

心配そうに言いながらも顔を寄せ、無垢な舌でチロチロと肛門を舐めてくすぐり、自分がされたようにヌルッと潜り込ませた。

「あう……」

紘夫は申し訳ないような快感に呻き、モグモグと肛門を締め付けて美少女の舌を味わった。そして脚を下ろすと、彼女も自然に舌を引き離し、そのまま陰嚢を舐め回してくれた。

睾丸を転がし、袋全体を生温かな唾液にまみれさせると、さらに身を乗り出し、ヒクヒクと愛撫をせがんでいる肉棒の裏側を舐め上げてきた。

股間を見ると、セーラー服の美少女が、まるでキャンディでも味わうようにゆっくり先端まで舐め上げ、粘液の滲む尿道口も厭わずチロチロとくすぐってくれた。

さらに張りつめた亀頭もしゃぶってくれたので、

「深く入れて……」

言うと亜美も、丸く開いた口でスッポリと喉の奥まで呑み込んでいった。

生温かく濡れた無垢な口腔に納めると、彼女は笑窪の浮かぶ頬をすぼめ幹を締め付けて吸い、熱い鼻息で恥毛をくすぐり、口の中ではクチュクチュと舌を蠢かせた。

「アア、気持ちいい……」

紘夫も快感に喘ぎながら、思わずズンズンと股間を突き上げた。

「ンン……」

喉の奥を突かれた亜美が呻き、さらにたっぷりと清らかな唾液を出して肉棒を温かくまみれさせながら、自分も顔を小刻みに上下させた。

濡れた唇がスポスポと心地よい摩擦を繰り返し、彼も急激に絶頂を迫らせてしまった。

このまま無垢な口を汚したい衝動にも駆られるが、やはり早く一つになりたいし、亜美もそれを望んでいるだろう。

「じゃ、跨がって上から入れてみて」

「私が上？」

言うと、チュパッと可愛く軽やかな音を立てて口を離した亜美が、顔を上げて訊いた。

美津江には正常位を教わったが、どうにも彼は女上位が好きなのだ。

「その方が、痛ければ止められるし、自由に動けるからね」

手を引いて言うと、亜美も前進して彼の股間に跨がってきた。

裾をめくって幹に指を添え、唾液にまみれた先端に割れ目を押し当てた。

そして覚悟を決めたように息を詰め、そろそろと腰を沈めて膣口に受け入れていった。

張り詰めた亀頭が潜り込むと、

「あう……！」

亜美が眉をひそめて呻いたが、そのままヌメリと重みに助けられ、ヌルヌルッと根元まで嵌め込んでしまった。完全に座り込むと股間が密着し、亜美は真下から短い杭にでも貫かれたように顔を仰け反らせ、全身を硬直させた。

紘夫も肉襞の摩擦と熱いほどの温もり、きつい締め付けを感じながら、二人目の処女を征服した感激に浸った。

もっとも一人目の処女は七十五年前の娘だから、現代っ子の処女と一つになったのは初めてだ。

「大丈夫？　痛ければ止していいよ」

「ええ、平気です……」

上体を起こしたまま亜美が健気に答えると、彼は両手を回して抱き寄せた。

彼女も身を重ね、まだ紘夫は動かずに制服をめくり、形良く張りのある乳房に顔を埋め込んだ。

初々しい薄桃色の乳首にチュッと吸い付いて舌で転がしたが、亜美は破瓜の痛みに全神経を奪われているように、乳首への反応はなかった。

彼は左右の乳首を交互に含んで舐め回し、顔中で膨らみを味わった。

さらに乱れたセーラー服の中に潜り込み、ジットリ湿った腋の下にも鼻を埋めて嗅いだ。スベスベのそこは、ミルクのように甘ったるい汗の匂いが生ぬるく籠もり、悩ましく鼻腔を満たしてきた。

充分に嗅ぐと、彼は僅かに両膝を立てて亜美の尻を支え、様子を見ながら徐々に股間を突き上げはじめていった。

「アア……！」

亜美が喘いだが、母親譲りで多めの愛液が律動を滑らかにさせた。

彼女の吐息は熱く湿り気を含み、まるでイチゴかリンゴでも食べた直後のように甘酸っぱい匂いがして、悩ましく鼻腔を刺激してきた。

友恵の匂いに似ているが、やはり友恵の方が野趣溢れる濃厚さがあり、亜美の匂いは現代に売っている果実の感じである。

下から顔を引き寄せ、ピッタリと唇を重ねると、グミ感覚の弾力と唾液の湿り気が伝わってきた。

舌を挿し入れ、滑らかな歯並びと愛らしい八重歯を舐めると、彼女も歯を開いて舌を触れ合わせ、味見でもするようにチロチロと蠢かせてくれた。

彼も舌をからめ、生温かな唾液に濡れて滑らかに動く美少女の舌を味わい、果実臭の吐息にうっとりと酔いしれた。

「もっと唾を吐き出して……」

唇を触れ合わせたまま囁くと、亜美も羞じらいながら懸命に唾液を分泌させ口移しにトロトロと注ぎ込んでくれた。

紘夫は美少女の生温かく清らかなシロップを味わい、心地よく喉を潤した。

プチプチと弾ける小泡の一つ一つに甘酸っぱい芳香が含まれているようで、甘美な悦びが胸いっぱいに広がった。

「噛んで……」

さらにせがむと、亜美は綺麗な歯並びでキュッと彼の唇を噛んでくれ、頬を当てるとそこにも歯が当てられた。そしてかぐわしい口に鼻を押し込むと、彼女も甘く噛んでくれ、紘夫は濃厚な果実臭で胸を満たし、股間の突き上げを強めてしまった。

「アアッ……！」

亜美は熱く喘ぎ、合わせるように股間を上下させはじめた。やはり痛みよりも初体験の感激が大きく、まして十九歳間近となれば男と一体になった充足感があり、無意識に腰が動くようだった。

彼は滑らかで心地よい摩擦に高まり、美少女の唾液と吐息を吸収しながら、とうとう昇り詰めてしまった。

「く……！」

突き上がる大きな絶頂の快感に呻き、熱い大量のザーメンをドクンドクンと勢いよくほとばしらせると、

「あ、熱いわ……」

奥に噴出を感じた亜美も声を洩らし、キュッキュッと膣内の収縮を活発にさせた。まだ快感には程遠いだろうが、内部で脈打つペニスを感じ、とにかく嵐が過ぎ去ったことを察してほっとした感もあるようだ。

紘夫は快感の中、最後の一滴まで出し尽くして突き上げを弱めていった。

「ああ……」

亜美も声を洩らし、力尽きたようにグッタリともたれかかってきた。

彼はまだ息づくような収縮を繰り返す膣内に刺激され、ヒクヒクと過敏に幹を震わせ、果実臭の吐息を嗅ぎながら、うっとりと快感の余韻に浸り込んでいったのだった。

重なったまま荒い呼吸を整え、そろそろと彼女を横にさせて股間を引き離す

と、彼はティッシュを手にして身を起こした。

手早くペニスを処理し、スカートの内側を汚さないよう裾をめくり、割れ目を観察した。

陰唇が痛々しくめくれ、膣口から逆流するザーメンに僅かに血が混じっていたが、それは少量ですでに止まっているようだった。

優しく拭ってやると、

「これで大人になったのね……」

亜美が呟き、後悔の様子もないので彼は安心したのだった。

3

「じゃ、ここに立ってね」

バスルームで互いの身体を洗い流したあと、彼は床に座り、目の前に亜美を立たせて言った。

亜美は部屋でセーラー服を脱ぎ、互いに全裸で階下に降りてきたのだ。人の家を全裸で歩き回るのは、何とも妙な気分である。

そして先日も、このバスルームに美津江と入ったが、亜美は彼が母親とここで戯(たわむ)れたことなど夢にも思わず、紘夫はとうとう母娘の両方としてしまった感慨に浸った。

「どうするの……」

「オシッコするところ見たい」

彼は亜美の片方の足を浮かせ、バスタブのふちに乗せて開いた股間に顔を埋めて答えた。湿った恥毛に鼻を埋めると、もう大部分の匂いは消えてしまったが、舐めると新たな愛液のヌメリが感じられた。

「そんなこと、無理です……」

亜美は文字通り尻込みしたが、彼は腰を抱え、執拗に蜜を舐め取ってはクリトリスに吸い付いた。

「アア……、ダメ、本当に出そう……」

彼女も、まだ余韻に朦朧とし、吸われるまま尿意が高まってきたように声を震わせた。

なおも執拗に愛撫を続けていると、とうとう柔肉の奥が迫り出すように盛り上がり、味わいと温もりが変化した。

「あう、出る……」

亜美が、膝をガクガク震わせて言うなり、熱い流れがチョロチョロとほとばしってきた。それは何とも清らかで淡い味わいと匂いで、彼は抵抗なく喉に流し込んだ。

しかしあまり溜まっていなかったようで、少し勢いがついたところで流れは治まってしまった。彼は余りの雫をすすり、残り香に酔いしれながら舌を這い回らせた。

「も、もうダメ……」

亜美が足を下ろして言い、クタクタと座り込んできた。それを抱き留めて椅子に座らせ、もう一度シャワーを浴びた。

フラつく彼女を立たせて互いの身体を拭くと、また全裸のまま二階の部屋へ戻っていった。

もちろん彼自身はピンピンに回復し、もう一回射精しなければ治まらなくなっていた。ベッドに添い寝し、ペニスをいじってもらいながら、紘夫は執拗に亜美と舌をからめた。

「ね、お口でしてくれる……？」

美少女の唾液と吐息を心ゆくまで味わってから、彼は絶頂を迫らせてせがんだ。やはり処女喪失の直後に、再び挿入するのは酷だろうし、やがて時間が経てばまた出来るようになる。

すると亜美も素直に頷くと、彼の股間に移動してゆき、可憐な顔を迫らせてくれた。

先端を舐め回し、スッポリと喉の奥まで呑み込んで吸い、熱い息を股間に籠もらせながら舌をからめはじめた。

「ああ、気持ちいいよ、すごく……」

紘夫は快感に喘いだ。股間を見ると、今度はセーラー服ではなく全裸の美少女が無心にペニスにしゃぶり付いている。

ズンズンと小刻みに股間を突き上げると、彼女も合わせて顔を上下させ、濡れた口でスポスポとリズミカルに摩擦してくれた。

紘夫は我慢することなく、生温かな唾液にまみれたペニスを震わせながら、すぐにも絶頂に達してしまった。

「い、いく、お願い、飲んで……」

快感に任せて図々しく言うと同時に、ありったけの熱いザーメンをドクンドクンと勢いよくほとばしらせ、美少女の喉の奥を直撃した。

「ク……、ンン……」

噴出を受け止めて呻いたが、亜美はそれでも摩擦と吸引、舌の蠢きを続けてくれた。

「ああ、気持ちいい……」

清潔な美少女の口を汚す快感に喘ぎながら、彼は最後の一滴まで思いきり出し尽くしてしまった。そして満足しながらグッタリと身を投げ出すと、亜美も動きを止め、亀頭を含んだまま口に溜まったザーメンを、コクンと一息に飲み干してくれたのだ。

「あう……」

キュッと締まる口腔の刺激で駄目押しの快感に呻き、ようやく彼女もチュパッと口を引き離してくれた。

そして幹をニギニギしながら、尿道口に脹らむ余りの雫までチロチロと丁寧に舐め取ってくれたのだ。

「く……、も、もういいよ、どうも有難う……」

紘夫はクネクネと腰をよじって言い、過敏にヒクヒクと幹を震わせた。

亜美も舌を引っ込めて添い寝し、彼は荒い息遣いと動悸の中、美少女の胸に包まれながら、うっとりと余韻を噛み締めたのだった……。

4

「宮辺君に、お願いがあるのだけど……」

翌日の昼過ぎ、いきなり明日香が訪ねて来て紘夫に言った。

彼も、もう冬休みに入ったので、そろそろ長野の親に帰ることを告げなければいけないのだが、あまりに女性運が良いし、友恵のことも気になるので今しばらく帰省は伸ばそうと思っていた。

そして今日、明日香から来たいというラインが入ったので、彼はさらに期待して昼食後のシャワーと歯磨きを済ませていたのである。

「うん、なに？」

「また友恵さんと稽古したいのだけど、どうしても香織先生が許さないのよ。他の部員は望んでいないだろうからって」

明日香が言う。

彼女も何度か香織に相談したようだが、やはり香織も友恵を外に連れ出すことは、まだ早いと思ったのだろう。あまりに戦時中のままの厳しい稽古や態度は、趣味のサークルではトラブルの元である。

「うん、確かに、友恵さんが来たら他の部員は辞めてしまうだろうね」

「やる気のない人は辞めてもらっても構わないのだけど、私は友恵さんが忘れられないわ。一体、どういう育ちをしたのかしら」

「詳しくは聞いていないけど、何だか戦時中のままの風習のある村に生まれ育ったようだね」

「素晴らしいわ。現代にあんな人がいるなんて」

明日香は、年下の友恵に憧れを抱いたようだ。

「でも大学は無理でも、私の実家の道場にお招きすることは出来るでしょう。冬休みだし、何とか宮辺君から説得して欲しいのだけど」

明日香の実家は、北関東で剣道と薙刀の道場を開いている。

「うん、言ってはみるけど難しいね」

「だって、彼氏でしょう？　あなたも一緒に来ていいわ」

明日香は実に熱心だった。

「それにしても友恵さんのような人の心を、どんなふうに奪ったの。確かに宮辺君は真面目で優しそうだから惹かれるのも分からないではないけど、あるいは肉体の相性かしら」

明日香が言い、こんな地味で平凡な男のどこに、あの強く古風な友恵が惹かれたのか理解できないように彼を見た。

「そう、僕としてみる？」

ここのところの恵まれすぎた女性運で、彼もすっかり積極的に口に出せるようになっていた。

明日香は少し身じろいだが、すぐに頷いた。

「いいわ、あなたが友恵さんの処女を奪ったのだろうから、同じ男を私も味わってみたい」

明日香は勝手に思い込んで言い、持ち前の度胸であっさりと応じてくれた。

それはもちろん彼への興味や魅力ではなく、背後にいる友恵の存在が大きいのだろう。

「じゃ脱いで」

「自主トレしたままだから、シャワー借りるわ」

「僕は洗ったばかりだから、君はそのままでいいよ」

紘夫は激しく勃起しながら答え、自分から脱ぎはじめた。

「か、かなり汗ばんでいるわ。友恵さんにも洗わずに求めているの？」

「もちろん、せっかく沁み付いたナマの匂いを消すバカはいない」

「友恵さんが、それを我慢しているのなら、私も……」

明日香は妙な対抗意識で頷き、ブラウスのボタンを外しはじめてくれた。

紘夫は先に手早く全裸になってベッドに横になり、明日香も脱ぎはじめるともうためらいなく、甘ったるい匂いを揺らめかせながら、たちまち最後の一枚を脱ぎ去って近づいてきた。

「あ、コンドームは持っていないけど」

「大丈夫よ、中で出しても」

念のため訊くと、明日香がドライに答えた。どうやら今の女子大生はピルが常識なのかも知れない。

彼は身を起こし、明日香を仰向けに横たえた。

見下ろすと、さすがに引き締まった肉体をしている。

肩と腕は逞しく、あまり乳房は豊かではないが張りがありそうで、腹も腹筋が段々に浮かんでいた。股間の翳り(かげ)は淡い方で、太腿も脚も実に見事に引き締まっていた。

彼女は神妙に目を閉じ、友恵にされたと同じことを望むように身を投げ出していた。

紘夫は彼女の足裏に近づいた。年中道場の床を力強く踏みしめている大きめの足裏で、彼は踵から土踏まずに舌を這わせた。

「あう、そんなところから……」

明日香が驚いたように呻き、思わず目を開いた。

構わず舐め回し、太く湿しい指の間に鼻を押し付けて嗅いだ。

トレーニングしてきたと言うだけあり、そこは生ぬるい汗と脂にジットリ湿り、蒸れた匂いが濃く沁み付いていた。

匂いを貪ってから爪先にしゃぶり付き、両足とも全ての指の股に舌を割り込ませて味わうと、

「アア……、そんなことするなんて……」

明日香が声を震わせて喘いだ。やはり元彼は、足指を舐めないダメ男だったようだ。

味と匂いが薄れるほど貪り尽くすと、彼は明日香を大股開きにさせ、引き締まった脚の内側を舐め上げていった。ムッチリと張りのある内腿をたどって股間に迫ると、丘の淡い茂みが彼の息にそよぎ、割れ目からはみ出したピンクの陰唇がヌメヌメと潤っていた。

指で広げると、襞の入り組む膣口が濡れて息づき、尿道口もはっきり見え、

しかも包皮を押し上げるようにツンと突き立ったクリトリスは、親指の先ほどもある大きなもので、ツヤツヤと光沢を放っていた。

何やら、この大きなクリトリスが、彼女の負けん気や根性の源のような気がした。

紘夫は顔を埋め込み、柔らかな恥毛に籠もった汗とオシッコの匂いで鼻腔を刺激され、舌を挿し入れていった。

膣口の襞を掻き回すと淡い酸味のヌメリが舌の動きを滑らかにさせ、柔肉をたどってクリトリスまで舐め上げていくと、

「アアッ……！」

明日香が熱く喘いで身を強ばらせ、内腿でキュッときつく彼の両頬を挟みつけてきた。

紘夫はチロチロと舌先で弾くように舐め回しては、新たに溢れる愛液をすすった。そして乳首でも吸うように、クリトリスにチュッと吸い付くと、

「ああ……、噛んで……」

明日香が息を弾ませてせがんだ。

どうやら過酷な稽古に明け暮れてきた彼女は、微妙でソフトな愛撫よりも、痛いぐらいの強い刺激を求めているのだろう。

彼も前歯でクリトリスを挟み、コリコリと軽く噛んでやった。

「あうう、いい気持ち……」

明日香が引き締まった下腹をヒクヒク波打たせて呻き、愛液の量を増してきた。彼も愛撫を続け、味と匂いを心ゆくまで堪能してから明日香の両脚を浮かせて尻に迫った。

谷間に閉じられた薄桃色の蕾を見ると、年中力んでいるせいだろうか、それはレモンの先のように僅かに突き出た、何とも色っぽい形状をしていた。

しばし見惚れてから鼻を埋め込んで嗅ぐと、蒸れた汗の匂いに混じり、生々しいビネガー臭に似た匂いが籠もり、彼は初めて友恵の尻を嗅いだことを思い出した。

明日香の住まいはシャワートイレではないのか、あるいは健康を気にするあまり肛門の善玉菌を洗い流さないようにしているのか、それは分からないが、とにかく彼はナマの匂いを貪ってから、舌を這わせてヌルッと潜り込ませて滑らかな粘膜を探った。

「く……、ダメ……」

明日香が呻き、キュッときつく肛門で舌先を締め付けてきた。

紘夫は舌を蠢かせ、淡く甘苦い粘膜を味わってから、再び割れ目に戻って大洪水の愛液をすすり、大きなクリトリスに吸い付いた。

「も、もう止めて、いきそうよ。今度は私が……」

明日香がビクッと反応して言い、身を起こしてきた。

彼も股間から這い出して仰向けになると、入れ替わりに彼女が股の間に潜り込んできた。

すると明日香はお返しするように彼の両脚を浮かせ、大胆に肛門を舐め回しヌルッと潜り込ませてくれた。

「あう……」

紘夫は唐突な刺激に呻き、肛門で明日香の舌を締め付けた。

彼女も中で舌を蠢かせ、熱い鼻息で陰嚢をくすぐった。

やがて明日香は脚を下ろし、

「何も匂わないわ。自分だけ綺麗にして……」

詰るように言ってから、陰嚢に舌を這わせてきた。二つの睾丸を転がし、充分に袋を唾液に濡らすと、前進して肉棒の裏側を舐め上げた。

滑らかな舌が先端まで来ると、粘液の滲む尿道口をチロチロと舐め、張り詰めた亀頭をくわえるとそのまま、モグモグとたぐるように喉の奥まで呑み込んでいった。

「ああ、気持ちいい……」

受け身に転じた紘夫は快感に喘ぎ、凛然たる美女の口の中で唾液にまみれたペニスをヒクヒク震わせた。

「ンン……」

深々と含みながら、明日香が熱く呻き、鼻息で恥毛をくすぐった。

そして幹を締め付け、舌の表面と口蓋（こうがい）に亀頭を挟んで、まるで舌鼓でも打つように吸った。さらに顔を上下させ、貪るようにスポスポと摩擦されると、彼も急激に絶頂を迫らせていった。

5

「い、いきそう。入れたい……」

紘夫が言うと、彼女もスポンと口を離して顔を上げた。

「跨いで上から入れて」

さらに言うと明日香も身を起こして前進し、自転車にでも乗るようにヒラリと跨がってきた。唾液に濡れた先端に割れ目を擦りつけ、ヌメリを混じらせながら位置を定めると、久々の男を味わうようにゆっくり腰を沈め、ヌルヌルッと滑らかに根元まで受け入れていった。

「アアッ……！」

明日香が完全に座り込むと、顔を仰け反らせて喘ぎ、彼も肉襞の摩擦と温もりを味わった。

彼女は密着した股間をグリグリ擦り付けてから、身を重ねてきた。

紘夫も僅かに両膝を立てて尻を支えながら、両手を回して抱き留めた。

まだ動かず、潜り込むようにして乳首に吸い付き、舌で転がしながら顔中で張りのある膨らみを味わった。

「噛んで……」

また明日香が言い、汗ばんだ胸元や腋から生ぬるく甘ったるい汗の匂いを漂わせた。

彼は左右の乳首を交互に含んで舐め回し、歯も使ってコリコリと充分に刺激してから、匂いを求めて腋の下にも鼻を埋め込んで嗅いだ。

スベスベの腋はジットリ湿り、汗の匂いが濃厚に籠もっていた。

彼が匂いでうっとりと胸を満たして酔いしれると、明日香が自分から徐々に腰を遣いはじめた。

紘夫も合わせて股間を突き上げると、たちまち二人の動きがリズミカルに一致し、愛液のヌメリで滑らかに律動した。

「ああ、いい気持ち……」

明日香がうっとりと喘ぎ、上からピッタリと唇を重ねてきた。

紘夫も舌を潜り込ませ、チロチロとからめて滑らかな感触と温かな唾液のヌメリを味わった。

さらに突き上げを激しくさせていくと、溢れた愛液が彼の肛門の方にまで生ぬるく伝い流れ、ピチャクチャと淫らに湿った摩擦音が響いた。

「アア、いきそうよ……」

明日香が口を離し、近々と顔を寄せたまま熱く喘いだ。

湿り気ある吐息はシナモンに似た匂いがして、昼食にパスタでも食べたのか淡いガーリック臭も混じって悩ましく鼻腔を刺激してきた。

やはり紘夫も、最初の友恵の濃厚な匂いを感じたから、すっかり刺激が強い方が燃えるようになっていた。

「下の歯を、僕の鼻の下に引っかけて……」

言うと明日香もそのようにし、大きく開いた口で彼の鼻全体を覆った。

口の中に籠もるシナモンとガーリック臭の熱気が悩ましい刺激を含んで鼻腔を掻き回し、さらに下の歯の裏側の微かなプラーク臭も混じって激しく彼の興奮を高めた。

しかも明日香が熱い息を弾ませながらチロチロと鼻の頭を舐めてくれるので、唾液の香りも混じって甘美な匂いに胸が満たされた。

摩擦の中、とうとう紘夫は昇り詰めて呻き、大きな快感とともに熱い大量のザーメンをドクンドクンと勢いよくほとばしらせてしまった。

「あう、気持ちいい……！」

噴出を感じると同時に彼女も呻き、そのままガクガクと狂おしいオルガスムスの痙攣を開始した。

膣内の収縮と締め付けも倍加し、彼は心ゆくまで快感を味わい、最後の一滴まで出し尽くしていった。

すっかり満足しながら徐々に突き上げを弱めていくと、

「アア……、良かった……」

明日香も声を洩らし、肌の強ばりを解いて力を抜くと、遠慮なくグッタリと体重を預けてきた。

まだ膣内はキュッキュッと収縮を続け、彼は幹を過敏にヒクつかせながら、美女の吐息を嗅いでうっとりと余韻を嚙み締めた。

「こんなに感じたの初めてよ……」

明日香が荒い息遣いで囁く。何やら、友恵が紘夫に惹かれたのは、やはりセックスのテクニックだと勝手に解釈したようだった。

「ああ、まだピクピクしてるわ……」

彼女が言い、やはり敏感になっているようにそろそろと股間を引き離し、ゴロリと横になった。

やがて互いに呼吸を整えると、

「もうシャワー借りていいわね……」

明日香が言って身を起こした。もちろん紘夫も一緒にバスルームへと移動しシャワーの湯を浴びた。

「歯磨きもしたいわ」

「僕の歯ブラシで良ければ」

「借りるわ」

言うので洗面所から歯ブラシを取り、貸してやった。

「歯磨き粉は付けないで」

すぐにも彼は回復しているので、もう一度するために言った。やはり人工物であるハッカ臭は好みではない。

明日香も受け取り、バスルームの椅子に座ったまま何も付けずに歯を磨きはじめた。

「飲ませて」

やがて磨き終わると紘夫は言い、唇を重ねた。明日香も眉をひそめながら、口に溜まった歯垢混じりの唾液を注いでくれ、彼は生温かなそれをうっとりと味わって喉を潤した。

「信じられない。汚いのに……」

明日香は言い、シャワーの湯で口をすすいだ。

「ここに立って」

紘夫は言って床に座り、目の前に彼女を立たせて股間に顔を埋めた。

やはり匂いは消えてしまったが、割れ目内部を舐め回すと、また新たな愛液が溢れはじめてきた。

「ね、オシッコしてみて」

「またそんな、信じられないことを……」

「自分で割れ目を広げて注いで」

「こう……？」

言うと明日香も、まだ絶頂の余韻に朦朧とし、羞恥よりも好奇心を前面に出してくれた。立ったまま彼の顔に股間を突き出し、両の人差し指でグイッと陰唇を広げ、割れ目内部を丸見えにさせた。

柔肉を舐め回すと、淡い酸味のヌメリが舌の蠢きを滑らかにさせた。

「アア……、出そうよ、いいの……？」

「うん……」

彼女がガクガクと膝を震わせながら言い、紘夫は舐めながら答えた。

すると間もなく柔肉が蠢き、割れ目内部に熱いものが広がったかと思うと、すぐにもチョロチョロとほとばしってきた。

彼は舌に受けて味わいながら、喉に流し込んだ。

薄寒いバスルームの中、明日香のオシッコは情熱的に熱く、湯気も立ち昇らせていた。勢いを増したそれは味も匂いも淡く、彼は抵抗なく飲み込むことが出来た。

「ああ……、変な気持ち……」

明日香が息を震わせて放尿を続けていたが、間もなく流れが治まった。

紘夫は腰を両手で抱え、余りの雫をすすりながら残り香の中、執拗に割れ目内部を舐め回した。

「アア……、いい気持ち……」

彼女が喘ぎ、いつしか両手を紘夫の頭に乗せ、グイグイと股間に押し付けていた。やはり激しい気性で、自身の快楽にも実に正直なようだ。

しかし途中で明日香は股間を引き離し、

「ね、続きはベッドで……」

彼女ももう一回する気満々で言った。

二人はもう一度シャワーを浴び、身体を拭いてベッドに戻っていった。

「すごい、もうこんなに勃って……」

明日香が言い、彼を仰向けにさせてペニスに屈み込んできた。

指を添えて先端を舐め回し、スッポリと喉の奥まで呑み込むと、幹を締め付けて吸い付き、クチュクチュと舌をからめてきた。

「ああ、気持ちいい……」

紘夫も小刻みに股間を突き上げ、濡れた唇の摩擦に高まって喘いだ。

彼女は、充分にペニスが唾液にまみれると、すぐにスポンと口を離した。

「ね、後ろから入れて……」

明日香が四つん這いになり、尻を突き出して言った。彼も身を起こして膝を突き、股間を進めた。

バックから先端を膣口に押し当て、向かい合わせとは異なる感触を味わいながら、ヌルヌルッと根元まで押し込んでいくと、

「アアッ……！」

明日香が、白く滑らかな背中を反らせて喘いだ。

彼の股間に、尻の丸みが密着して心地よく弾み、なるほど、これがバックの醍醐味かと思った。

紘夫も彼女の腰を抱え、温もりと感触を味わいながらズンズンと腰を前後に突き動かしはじめると、

「あう、いいわ、もっと強く……！」

明日香が顔を伏せて呻き、艶めかしく尻をくねらせた。

次第に彼も夢中になり、覆いかぶさると両脇から回した手で乳房をわし掴みにし、指の腹で乳首をいじった。

さらに股間を押し当てるように激しく動くと、尻と肌の当たる音が響き、揺れてぶつかる陰嚢まで生温かな愛液にまみれた。

たちまち愛液の量が増し、膣内の収縮が活発になった。

明日香は勝ち気なほど、組み伏せられる体位が好きなのかも知れない。

しかし紘夫にしてみれば、顔が見えず唾液も吐息も貰えないのが物足りなかった。

「どうか、仰向けに」

途中で彼がヌルッと引き抜いて言うと、

「ああ……」

快楽を中断された彼女が不満げに喘ぎながらも、忙しく仰向けになって股を開いた。紘夫もすぐに再び、正常位で一気に挿入して身を重ねた。

「アア……、もう抜かないで……」

明日香が下から両手を回し、しがみつきながら哀願した。

彼も激しく腰を突き動かし、明日香のシナモン臭の吐息を嗅いで高まった。

「い、いく……！」

明日香が腰を跳ね上げて口走り、やがて紘夫も一緒に昇り詰めていったのだった……。

第五章　三人での熱き戯れ

1

「明日香さんに、香織先生と友恵さんを説得してくれって頼まれました」

紘夫はマンションを訪ね、香織と友恵に言った。

「そう、ちょっと大学のサークルでは無理ね」

「ええ、僕も言いました。でも彼女は冬休み中、自分の実家の道場に招きたいようです」

「そう、彼女と相談して、少し考えるわ」

香織が言い、友恵も頷いた。友恵も、あれから香織に言われ、少々やりすぎたと反省しているのかも知れない。

そこで紘夫は話題を変え、バッグから何枚かの写真を出して友恵に渡した。

「まあ、これは……！」

友恵は、自分の女学生時代と家族の写真を見て絶句した。さらに戦後の丑男の写真にも熱心に見入った。

紘夫は、友恵にあげるため写真をプリントしておいたのだ。

「この家族写真は、兄が予備学生に行くとき持っていったものです。この背広の写真も兄です。では生きて……」

「うん、丑男さんは、昭和二十一年に戦地から帰還していたんだ。残念ながら三年前に九十二歳で亡くなっているけど」

「そう……」

言われて、友恵は肩を落とした。もっとも戦死したと思い込んでいたので、それよりは救われることだろう。

「ど、どこからこんな写真を……？」

香織も、友恵の持った写真を覗き込みながら言った。

「うちのサークルの吉沢亜美、その母親が、この丑男さんの孫だったんです」

「まあ、そんな身近なところに……」

彼が言うと、香織も目を丸くしていた。

「兄は、生きていたんですね……」

友恵は涙ぐんで言う。今は香織のおかげで、すっかり現代の服だから、見た目は今風の女子大生に見える。

「会いたいわ。せめてお線香だけでも……」

「いや、行かない方がいい。孫であるその女性からすれば、友恵さんは大叔母に当たるんだ。それがそんなに若いのはおかしい。この三人以上に秘密を広げない方がいいよ」

紘夫が言うと、香織もその方が良いという風に頷いていた。

「そう……、仕方ないですね。でも兄は、幸せな一生だったの？」

「うん、一人で頑張って働いて結婚し、子供にも恵まれて家を持ち、子や孫に囲まれた人生だったらしい」

「それなら、良かったわ……」

友恵が頷いて言う。どちらにしろ、彼女は昭和二十年の年末に飛び降りているから、翌年の丑男の帰還以前に死んでいるのだ。

友恵は大切に写真をしまい、紘夫も、その後の彼女の様子などを香織に訊いた。香織も冬休みだから友恵に付ききりで、戦後の勉強を熱心に教え込んでいたようだ。

テレビも自分から見るようになったが、やはり好きなのは時代劇で、洋画や洋楽などにはまだまだ抵抗があるようだった。

香織に教わって薄化粧もするようになり、ワイルドに濃かった眉も程よくカットされている。どうやら紘夫の好きだった、腋毛や脛毛もケアされてしまったことだろう。

それでも紘夫にとって、初めての素人女性、しかも処女を頂いた友恵には格別な思い入れがあって股間が熱くなってきた。

「君が友恵さんとしてしまったこと、聞いたわ」

「うわ……」

香織に言われ、紘夫はドキリとした。どうやら友恵もすっかり香織には心を開き、何もかも包み隠さず話していたようだ。

「ね、二人で話したのだけど、ちゃんとした知識も教えておきたいので、宮辺くん脱いでくれる？」

香織が言うと、友恵も気持ちを切り替えたように、好奇心に目をキラキラさせていた。どうやら本気のようである。

「い、いいけど、僕だけだと恥ずかしいので、二人も脱いで欲しい」

「いいわ、じゃベッドへ」

彼女が答え、三人で寝室に入った。そして紘夫が脱ぎはじめると、二人もためらいなく脱いでいったのだ。

この分では香織と紘夫がしたことまで、友恵は知っているのかも知れない。いや、それどころか一緒に暮らすうち、女同士でも戯れ合っているのではないだろうか。

先に全裸になった紘夫はベッドに横になり、枕に沁み付いた香織の匂いに激しく勃起してきた。書斎に布団が敷かれていたので友恵はそちらで寝起きし、ひたすら読書の日々を送っていたらしい。

二人とも一糸まとわぬ姿になると、たちまち寝室内には二人分の女の匂いが生ぬるく混じり合い、悩ましく立ち籠めた。

「じゃ、最初はじっとしていてね」

全裸にメガネだけ掛けた香織が言い、まるで申し合わせていたかのように、二人が彼の左右から迫ってきた。

「お乳は、女ばかりじゃなく男も感じるものよ」

香織が友恵に囁き、彼の乳首にチュッと吸い付いてきた。すると友恵も、もう片方の乳首に唇を押し付け、チロチロと舌を這わせてきたのである。

「あう、気持ちいい……」

紘夫は両の乳首を舐められ、クネクネと身悶えて呻いた。確かに感じる部分で、その刺激がペニスに伝わってくるようだった。

「か、噛んで……」

思わず言うと、二人も綺麗な歯並びでキュッキュッと左右の乳首を刺激してくれた。

「く……、もっと強く……」

さらにせがむと、二人もやや力を込めて噛み、彼は甘美な刺激にクネクネと身悶えた。何やら二人の美女に食べられているような快感である。

ようやく乳首を離れると、二人は脇腹を舐め降り、ときにキュッと歯を食い込ませ、その非対称の愛撫に彼は身悶えが止まらなかった。

そして二人は交互に彼の臍を舐め、腰から脚を舐め下りていったのである。

まるで、いつも彼がしている愛撫の順番のように、すぐ股間には向かってこなかった。

二人は彼の足裏を舐め回し、爪先にも同時にしゃぶり付き、順々にヌルッと指の股に舌を割り込ませてきた。

「あう、いいよ、そんなことしなくて……」

紘夫は申し訳ない快感に呻き、唾液に濡れた足指でそれぞれの舌を挟み付けた。何やら生温かなヌカルミでも踏んでいるような感覚だ。

やがて充分にしゃぶり尽くすと、二人は口を離し、彼を大股開きにさせ、今度は脚の内側を舐め上げてきた。

左右の内腿にもキュッと歯が立てられ、そのたびに彼は息を詰めビクリと反応した。

しかも二人が頬を寄せ合って中心部に迫るので、熱く混じり合った息が股間に籠もり、二人分の視線がペニスに注がれ、それだけで絶頂が迫ってくるようだった。

するとと香織が、まず彼の両脚を浮かせて尻を突き出し、チロチロと肛門を舐めはじめたのだ。その間、友恵は尻の丸みを舐め、また歯を立ててきた。

「あう……！」

香織の舌がヌルッと潜り込むと、彼は快感に呻き、思わずキュッと肛門で舌先を締め付けた。

彼女は内部で舌を蠢かせ、やがて引き抜くと、すぐにも友恵が同じように舌を這わせ、ヌルッと押し込んできたのである。

「く……！」

二人に立て続けにされると、舌の感触や蠢きの違いが分かり、そのどちらにも彼は激しい快感を覚えた。友恵の舌が蠢くたび、勃起したペニスが中から刺激されヒクヒクと上下した。

ようやく友恵の舌が離れ、脚が下ろされると、また二人は顔を寄せ合い陰嚢を舐め回してきた。

それぞれの睾丸が舌で転がされ、股間に熱い息が混じり合って籠もり、時にチュッと吸い付かれた。

「あう、もっと優しく……」

急所を吸われ、思わず彼は腰を浮かせて呻いた。

「ここは強くしないようにね」

香織が助言し、いよいよ二人は同時に肉棒の裏側と側面を舐め上げてきた。

滑らかな舌が二人分先端まで来ると、先に香織が粘液の滲む尿道口を舐め、亀頭にしゃぶり付いてきた。

そしてスッポリと呑み込むと幹を締め付けて吸いながら、そのままスポンと口を離してきたのだった。

2

「ここも優しくしてあげて、ここだけは歯を当てないように」

香織が言うと、友恵も舌を這わせ、喉の奥まで呑み込んで吸い、そのまま引き抜いてチュパッと口を離した。

それが交互に繰り返されると、微妙に温もりや感触の異なる口腔の刺激で、紘夫はもうどちらの口に含まれているか分からないほど舞い上がってきた。

さらに二人は、熱い息を混じらせ、同時に張り詰めた亀頭をしゃぶってくれたのである。

女同士の舌が触れ合うのも気にならないようで、何やら彼は、美しい姉妹のディープキスの間にペニスを割り込ませているような気になった。

「い、いきそう……」

ダブルフェラにひとたまりもなく絶頂を迫らせて言ったが、二人は濃厚な愛撫を止めようとしない。どうやら一度目は口に受けるつもりのようだ。

だから彼も、美女たちの口を汚してしまう禁断の思いより、二人の意思で吸い出される感覚に包まれた。

「く……！」

交互にしゃぶられると、とうとう紘夫は絶頂の快感に貫かれ、呻きながらドクンドクンと熱い大量のザーメンをほとばしらせてしまった。

「ンン……」

ちょうど含んでいた友恵が喉の奥を直撃されて呻き、すぐに口を離した。

「飲んであげてね」

香織は言うなり、すかさずパクッと亀頭を含んで余りを吸い出してくれた。

「あうう、気持ちいい……」

バキュームフェラに腰を浮かせて呻き、彼は陰嚢から直にザーメンを吸われている快感に腰をよじった。それはまるで、魂まで吸い取られるような激しさであった。

紘夫は身を反らせてヒクヒク震え、快感の中で心置きなく最後の一滴まで出し尽くしてしまった。グッタリと力を抜いて身を投げ出しても、まだ荒い息遣いと動悸は続いていた。

ようやく香織も愛撫の動きを止め、亀頭を含んだまま口に溜まったザーメンをゴクリと飲み干した。

「あう……」

嚥下で口腔が締まると、彼は駄目押しの快感に呻いた。

香織も口を離すと、なおも幹をしごいて余りを搾り出し、やはり第一撃を飲み干した友恵と一緒に、雫の滲む尿道口を二人がかりでチロチロと舐め回してくれた。

「も、もういい、有難う……」

紘夫がクネクネと腰をよじり、過敏に幹を震わせながら降参した。

やっと二人も、舌を引っ込めて顔を上げた。

「これで一度出すと、しばらくは勃ってこないわ。中年以降だと一度の射精で終わるけど、彼はまだ若いから続けて出来るわ」

香織が友恵に説明し、彼に向き直った。

「さあ、どうすれば回復するか言って。二人で何でもするから」

言われて、何でもするという言葉だけで紘夫は急激に回復しそうだった。

「立って、僕の顔に足を乗せて……」

「いいわ、さあ」

言うと香織が頷き、友恵を促して立ち上がった。そして仰向けの彼の顔に左右から迫り、互いに身体を支え合いながら、そろそろと片方の足を浮かせ、そっと彼の顔に乗せてくれた。

紘夫は、二人分の足裏の感触を顔中に受けて陶然となった。

「アア……、恩人にこんなことするなんて……」

「大丈夫、勃ちはじめているでしょう。それを見れば、彼が本心から望んでいることが分かるわ」

ガクガクと膝を震わせて喘ぐ友恵に、香織が言いながらクリクリと軽く踏みつけてくれた。

それぞれの足裏を舐めながら、彼は顔の左右からスックと立つ二人の美女を見上げて壮観さに圧倒された。どちらも魅惑的な体型で、割れ目はヌラヌラと愛液に潤っているようだ。

二人の指の股に鼻を押し付けて嗅ぐと、どちらも生ぬるい汗と脂に湿り、ムレムレの匂いが濃厚に籠もって鼻腔を刺激してきた。

彼は微妙に違う蒸れた匂いを貪り、順々に爪先をしゃぶり、全ての指の間を舐め回した。そして足を交代してもらい、そちらも二人分の味と匂いを堪能したのだった。

「ああ……」

友恵はくすぐったそうに声を洩らし、香織も熱い呼吸を繰り返していた。

「じゃ、顔にしゃがみ込んで」

舌を離して言うと、やはり先に香織が跨がり、和式トイレスタイルでゆっくりしゃがみ込んできた。スラリと長い脚がM字になると、脹ら脛と太腿がムッチリと張り詰め、熱く濡れた割れ目が鼻先に迫った。

はみ出した陰唇が僅かに開き、息づく膣口と光沢あるクリトリスが覗いていた。紘夫が腰を抱き寄せて恥毛の丘に鼻を埋めると、今日も茂みの隅々には生ぬるく蒸れた汗とオシッコの匂いが籠もり、嗅ぐたびに悩ましく鼻腔が刺激された。

嗅ぎながら舌を挿し入れ、膣口を探ってクリトリスまで舐め上げると、

「アア……、いい気持ち……」

香織が熱く喘ぎ、さらに新たな愛液を漏らしてきた。

下から舐めると、自分の唾液が割れ目に溜まらず、純粋に溢れてくる愛液だけのヌメリが舌に伝わってきた。

味と匂いを堪能してから、さらに尻の真下に潜り込み、顔中に双丘を受け止

めながら谷間の蕾に鼻を埋めて嗅ぐと、蒸れた汗の匂いが沁み付いていた。

熱気を嗅いでから蕾の襞に舌を這わせ、ヌルッと潜り込ませて滑らかな粘膜を探ると、

「あう……」

香織が呻き、キュッと肛門で舌先を締め付けてきた。

そして内部で舌を蠢かすと、

「も、もういいわ、友恵さんにもしてあげて……」

彼女は快感を断ち切るように言い、懸命に腰を浮かせて場所を空けた。

すると友恵も跨がり、ためらいがちに恐る恐るしゃがみ込んできた。薙刀は強く部員にも厳しかった彼女も、こと色事となると、まだ覚えたてで初々しい十八歳なのであった。

脚をムッチリと張り詰めさせてしゃがむと、ぷっくりと丸みを帯びた割れ目が鼻先に迫った。

友恵の陰唇も、香織に負けないほど清らかな蜜に潤っていた。

「アア、帝大生の顔を跨ぐなんて……」

友恵が息を震わせて言い、彼は下から腰を抱き寄せて楚々とした茂みに鼻を埋め込んだ。嗅ぐと汗とオシッコの匂いが悩ましく蒸れて籠もり、鼻腔を掻き回してきた。

彼は胸を満たしながら舌を挿し入れ、淡い酸味のヌメリで膣口を探り、クリトリスまで舐め上げていった。

「アアッ……！」

友恵が熱く喘ぎ、思わず座り込みそうになり懸命に両足を踏ん張った。

彼もクリトリスを舐め、溢れる蜜を掬(すく)い取ってから尻の真下に潜り込んだ。

ひんやりした双丘に顔を密着させ、谷間の蕾に鼻を押し付けて嗅ぐと、蒸れた汗の匂いに混じり、淡く生々しいビネガー臭も感じられ、悩ましく鼻腔を刺激してきた。

どうやら友恵は、まだシャワートイレに慣れず使用していないのかも知れない。紘夫は、最初に友恵を嗅いだときの興奮と感激を甦(よみがえ)らせながら、舌を這わせてヌルッと潜り込ませた。

「く……」

友恵が呻き、肛門でモグモグと舌先を締め付けた。紘夫は舌を蠢かせて粘膜を味わい、彼女の前も後ろも味と匂いを貪り尽くした。

するといきなりペニスが香織にしゃぶられたのだ。

もちろん二人の股間を舐めている間に、彼自身はムクムクと最大限に回復していた。

香織は念入りに舌をからめ、充分にペニスを生温かな唾液にまみれさせて顔を上げた。

「じゃ、友恵さん、上から跨いで入れてみて」

香織が言うと、友恵も腰を浮かせ、仰向けの彼の上を移動して股間に跨がった。そして香織の唾液に濡れた先端に割れ目を押し当てると、甲斐甲斐しく香織が幹に指を添え、先端を膣口に誘導した。

「いいわ、座って」

香織に言われ、友恵は息を詰めながらそろそろと腰を沈み込ませていった。

張り詰めた亀頭が潜り込むと、あとはヌルヌルッと滑らかに根元まで嵌まり込み、互いの股間が密着した。

「アア……」

友恵が顔を仰け反らせて喘ぎ、もう破瓜の痛みより男と一つになった満足感でキュッときつく締め上げてきた。

3

「さあ、動いてみて。気持ち良くなれなければ交代よ」

香織が横から囁いた。どうやら友恵もまだオルガスムスには達しないと踏んで、先に挿入させたようだ。

紘夫も、友恵の温もりと感触、締め付けと潤いに包まれながらズンズンと股間を突き上げた。気持ち良いが、さっき射精したばかりなので暴発の心配はなさそうだった。

「ああ……、奥が、熱いわ……」

友恵も彼の胸に両手を突っ張り、起こした上体を反らせながら徐々に腰を遣って喘いだ。

「痛い？」

「最初の時ほど、痛くないです……」

香織に訊かれて答え、次第にリズミカルに動きはじめたが、それでもやはりまだ友恵に膣感覚によるオルガスムスの兆しはないようだった。

「か、香織さんがお手本を見せて……」

やがて友恵が言って股間を引き離し、彼に添い寝してきた。

すると香織が跨がり、友恵の愛液に濡れたペニスに割れ目を押し当て、ゆっくり座り込んできたのだった。

「アアッ……、いい気持ち……」

ヌルヌルッと根元まで受け入れて股間を密着させると、香織が喘いで身を重ねてきた。

紘夫も、やはり微妙に異なる温もりと感触を味わいながら両膝を立てて尻を支え、下から香織にしがみついた。

さらに添い寝している友恵も抱き寄せ、潜り込むようにしてそれぞれの乳首を含んで舐め回した。

二人の膨らみを顔中で味わい、全ての乳首を吸ってから、腋の下にも鼻を埋め、生ぬるく甘ったるい汗の匂いに噎せ返った。

香織も濃厚な体臭を籠もらせ、やはり友恵は腋毛を剃ってしまい、それでも湿り気と匂いは充分に彼の鼻腔を刺激してきた。

紘夫は二人分の体臭に包まれながら、徐々にズンズンと股間を突き上げ、さらに二人の顔を抱き寄せ、三人で唇を重ねて舌をからめた。

「ンン……」

香織も友恵も、熱く鼻を鳴らしてヌラヌラと舌を蠢かせ、彼は二人分の混じった唾液でうっとりと喉を潤した。

それぞれの喘ぐ口に鼻を押し込んで嗅ぐと、香織は甘い刺激の花粉臭で、友恵は甘酸っぱい果実臭だった。それが左右の鼻の穴から入って、中で艶めかしく混じり合い、胸に沁み込んでいった。

「ああ、いきそうよ……」

香織も腰を遣いながら、愛液の量と収縮を強めてきた。

「ね、顔中唾でヌルヌルにして……」

高まりながら彼がせがむと、二人も厭わず舌を這わせ、というより垂らした唾液を舌で塗り付けてくれた。たちまち紘夫の顔中は、美女たちの混じり合った唾液にヌラヌラとまみれ、彼は悩ましい匂いに包まれた。

「い、いく……、アアッ……！」

二人分の匂いと肉襞の摩擦の中、とうとう紘夫は二度目の絶頂を迎えて喘いだ。そしてありったけの熱いザーメンが、二度目とも思えぬ量でドクンドクンと勢いよく内部にほとばしった。

「き、気持ちいいわ……、ああーッ……！」

噴出を感じた途端、香織も声を上ずらせ、ガクガクと狂おしいオルガスムスの痙攣を繰り返した。

締まる膣内で、彼は心ゆくまで快感を噛み締め、最後の一滴まで出し尽くしていった。そして満足しながら、徐々に突き上げを弱めていくと、

「ああ……」

香織も満足げに声を洩らし、グッタリともたれかかってきた。

見ていた友恵は、大人の絶頂の凄まじさに息を呑んでいた。

紘夫は、まだ息づく膣内でヒクヒクと過敏に幹を震わせ、二人分の悩ましい吐息を嗅ぎながら、うっとりと快感の余韻に浸り込んだのだった……。

——バスルームで、三人はシャワーの湯を浴び身体を洗い流した。

そして紘夫は例により床に座り、香織と友恵を左右に立たせると、肩に脚を跨がらせて、自分の顔に股間を突き出させた。

「じゃ、オシッコしてね」

みたびムクムクと回復しながら言うと、二人も息を詰めて尿意を高めはじめてくれた。

紘夫は左右の割れ目を交互に舐め、新たな愛液を味わった。

「アア……、出るかしら……」

友恵は、香織が出そうとしているので、後れを取るまいと焦ったようだ。やはり後になると、どうしても注目されて羞恥心が増してしまうだろう。

彼が期待して待っていると、先に香織の割れ目からチョロチョロと熱い流れがほとばしってきた。

顔を向けて舌に受けると、淡く控えめな味と匂いが感じられ、彼はうっとりと喉を潤した。

すると間もなく、友恵の割れ目からもポタポタと熱い雫が滴り、

「ああ、出ちゃう……」

彼女が息を震わせながら、たちまち勢いのついた放尿を開始してくれた。

そちらにも顔を向けて味わうと、もう友恵も昭和二十年代に飲食したものは全て排出したように、香織の流れと同じぐらい味も匂いも淡いもので心地よく喉を通過した。

その間も香織の流れが温かく肌に注がれ、紘夫は二人分の味と匂い、流れを受けながら、すっかりピンピンに勃起したペニスが心地よく浸された。

「アア……」

友恵が熱く喘ぎ、立っていられないほどガクガクと膝を震わせた。

やがて彼が交互に顔を向けて味わうと、間もなく二人の流れは治まった。

紘夫は残り香の中、それぞれの余りの雫を舐め取り、柔肉の奥を舌で掻き回した。

「あう、もうダメ……」

友恵が力尽きて座り込み、香織も離れて再び三人でシャワーの湯を浴びた。

そして彼は身体を拭き合いながら、今度は三人でどのように楽しもうか思いを巡らせたのだった……。

4

「亜美は今日もお友達と会って、夕食済ませて帰るから夜まで大丈夫」

美津江が、メールで呼び出した紘夫に言い寝室へと招いた。今日も午後から休診のようだった。

もちろん紘夫はシャワーを済ませ、彼女には、洗わず今のままで待ってもらうよう言っておいた。

白衣姿に検診台でのプレイも良いが、美津江は彼との行為ですっかり火が点いてしまい、戯れの余裕すらないように寝室で服を脱ぎはじめた。

紘夫も興奮と期待に、手早く全裸になると先にベッドに横たわった。

今日も枕には悩ましい匂いが沁み付き、彼自身は最大限に勃起していた。

美津江も、気が急(せ)くように最後の一枚を脱ぎ去ってベッドに上がってきた。

さすがに亜美も、紘夫と初体験したことなど母親に何も言っておらず、美津江もまた気づいていないようだ。

亜美は一見幼げな美少女だが、紘夫が思っている以上にしっかりし、親の前で平然を装えるぐらい強(したた)かな部分もあるのだろう。

紘夫は添い寝してきた美津江に腕枕してもらい、息づく巨乳に手を這わせながら生ぬるく湿った腋の下に鼻を埋め込んで嗅いだ。

「いい匂い」

「あう、くすぐったいわ……」

甘ったるいミルクに似た濃厚な汗の匂いで鼻腔を満たしながら言うと、美津江が羞じらいにビクリと熟れ肌を震わせて呻いた。

紘夫は胸いっぱいに嗅いでから移動し、チュッと乳首に吸い付いて舌で転がし、顔中を押し付けて柔らかく豊かな感触と肌の温もりを味わった。

「アア……」

美津江は最初から熱く喘ぎ、クネクネと熟れ肌を悶えさせはじめた。

やはり手ほどきをするという初回とは違い、今回は全面的に快楽への期待があり、心の準備も充分に出来ているのだろう。

彼はのしかかり、左右の乳首を交互に含んで舐め回し、充分に甘ったるい体臭を味わってから、白く滑らかな肌を舐め降りていった。

臍は四方の肌が均等に張り詰めて形良く、鼻を埋めると淡い汗の匂いが感じられた。

そして弾力ある腹部に顔を押し付けて張りを味わい、豊満な腰のラインから太腿、脚を舐め降りていった。

スベスベの肌はどこも滑らかで、足首まで下りると足裏に回り、踵から土踏まずを舐め、形良く揃った足指に鼻を押し付けた。

「あう、言われた通り、本当に洗っていないのよ。今日もずいぶん動いたから蒸れていて恥ずかしいわ……」

嗅がれて美津江が羞恥に声を震わせた。

指の股は、今日も生ぬるい汗と脂に湿り、ムレムレの匂いが濃く沁み付いて鼻腔を刺激した。

爪先にしゃぶり付いて順々にヌルッと指の間に舌を割り込ませて味わい、両足とも貪り尽くすと、

「アア……、いい気持ち……」

美津江も羞恥より快感を前面に出して喘ぎはじめた。

やがて彼女を大股開きにさせ、脚の内側を舐め上げていった。

白くムッチリとした内腿をたどり、熱気の籠もる股間に迫ると、すでに割れ目はヌラヌラと大量の愛液に潤っていた。

ふっくらした茂みの丘に鼻を埋めて嗅ぐと、蒸れた汗とオシッコの匂いが鼻腔を掻き回し、彼は舌を挿し入れて舐め回した。

かつて亜美が産まれ出てきた膣口の襞をクチュクチュ探ると、生ぬるく淡い酸味のヌメリが舌の動きを滑らかにさせた。

柔肉をたどってクリトリスまで舐め上げていくと、

「アアッ……、いい……！」

美津江がビクッと身を反らせて喘ぎ、内腿でキュッときつく彼の顔を挟みつ

けてきた。

紘夫も上の歯で完全に包皮を剥き、舌先で弾くようにチロチロと舐めると、トロトロと愛液の量が増してきた。

味と匂いを存分に味わうと、彼は美津江の両脚を浮かせ、豊満な逆ハート型の尻に迫っていった。弾力ある双丘に顔を密着させ、ピンク色した谷間の蕾に鼻を埋め、蒸れた匂いを嗅いでから舌を這わせた。

収縮する襞を濡らしてヌルッと潜り込ませると、

「あう……！」

美津江が呻き、キュッと肛門で舌先を締め付けた。

彼は滑らかな粘膜を探り、ようやく舌を離して脚を下ろした。

そして唾液に濡れた肛門に、左手の人差し指をヌルリと浅く潜り込ませ、膣口には右手の二本の指を押し込んでいった。さらに再びクリトリスを激しく舐め回すと、

「ああ、すごい……」

最も感じる三カ所を同時に刺激され、彼女が熱く喘ぎながら、前後の穴で指

を締め付けてきた。

紘夫もクリトリスを舐めながら、肛門に入った指を小刻みに前後させて内壁を擦り、膣内の指も天井のGスポットを圧迫すると、さらに愛液の量が格段に増してきた。

「い、いきそうよ、お願い、入れて……！」

美津江が狂おしく悶え、熱く懇願してきた。

紘夫も、どうせ一度の射精では納まらないし、待ち切れないほど高まっているのだからと、舌を引き離して挿入することにした。

前後の穴からヌルッと指を引き抜くと、

「く……」

美津江が呻いた。

膣内にあった二本の指は攪拌(かくはん)され白っぽく濁った粘液にまみれ、指の間に膜が張るほどで、指の腹は湯上がりのようにふやけてシワになり、淫らに微かな湯気が立っていた。

肛門に入っていた指に汚れはなく、爪にも曇りはないが生々しい匂いが感じられた。

やがて身を起こして股間を進め、先端を割れ目に擦り付けた。

充分にヌメリを与えてから位置を定め、正常位でゆっくり膣口に挿入していくと、

「アア……！」

美津江が喘ぎ、両手で彼を抱き寄せてきた。

紘夫はヌルヌルッと滑らかな肉襞の摩擦を受けながら根元まで押し込み、股間を密着させ脚を伸ばし、身を重ねていった。

胸の下では巨乳が押し潰れて弾み、しがみついた美津江がすぐにもズンズンと股間を突き上げてきた。

彼も合わせて腰を動かし、締め付けと潤いを味わい、ジワジワと絶頂を迫らせていった。

上から唇を重ねて舌をからめると、

「ンンッ……！」

美津江も熱く鼻を鳴らして吸い付いたが、すぐ息苦しくなったように唾液の

糸を引いて口を離した。

熱く湿り気ある吐息は白粉臭の甘い刺激を含み、悩ましく鼻腔を掻き回してきた。すると、いきなり美津江が突き上げを止め、意外なことを言ってきたのである。

「ね、お尻の穴に入れてみて……」

「え？　大丈夫かな」

「一度してみたいの。きっと入るわ」

言われて、彼も興味を覚えて動きを止め、身を起こした。

「じゃ、無理だったら言って下さいね」

紘夫は言ってヌルッと引き抜くと、彼女は自分から両脚を浮かせて抱え、豊かな尻を突き出してきた。

見るとピンクの蕾は、割れ目から伝い流れる愛液にヌメヌメと潤っている。

彼が愛液にまみれた先端を押し当てると、

「ああ、来て……」

美津江は口呼吸をして、懸命に括約筋を緩めていた。

紘夫も意を決してグイッと押し込んでいくと、角度もタイミングも良かったか、張り詰めた亀頭がズブリと潜り込み、細かな襞がピンと伸びて蕾が丸く押し広がった。

そのままヌメリに任せ、ズブズブと奥まで押し込んでいくと、

「あうう……、いいわ、もっと強く……」

美津江が僅かに眉をひそめながらも呻き、深々と受け入れていった。

とうとう美熟女の肉体に残った、最後の処女の部分を頂いたのだ。

股間を押しつけると、尻の丸みが密着して心地よく弾んだ。

さすがに入り口はきついが、中は思ったより楽で、ベタつきもなくむしろ滑らかな感触だった。

「大丈夫ですか」

「ええ、動いていいわ。中に出して……」

言われて、紘夫も様子を見ながら小刻みに動かしはじめた。

彼女も懸命に力を抜いているので、次第に動きが滑らかになり、紘夫も快感に勢いを付けて律動した。

「アア、いい気持ち……」

美津江は言って自ら乳首をつまみ、もう片方の手では空いている割れ目をいじった。愛液を付けた指の腹でリズミカルにクリトリスを擦りはじめると、ああ、こんなふうにオナニーするのかと彼も興奮を高めた。

そして動くうち、もうたまらなくなり彼は我慢せず昇り詰めた。

「い、いく……！」

快感に貫かれながら声を洩らし、熱いザーメンをドクンドクンと勢いよく注入すると、

「か、感じるわ……、アアーッ……！」

美津江も声を上ずらせて喘ぎ、ガクガクと狂おしいオルガスムスの痙攣を開始した。噴出の熱さを感じたのもあるだろうが、大部分はオナニーによる絶頂だろう。

紘夫は快感を噛み締めながら、股間にぶつかる尻の丸みを感じて動き続け、心置きなく最後の一滴まで出し尽くしていった。中に満ちるザーメンで、さらに動きがヌラヌラと滑らかになった。

すっかり満足しながら動きを止めていくと、

「ああ……、良かった……」

美津江もクリトリスと乳首から指を離し、満足げに力なく言うと、グッタリと身を投げ出していった。

5

「さあ、早く洗い流さないと雑菌が入るわ」

呼吸を整える間もなく美津江は医者らしく言って身を起こし、紘夫もベッドを降りて一緒にバスルームへ移動した。

すると美津江は二人の全身にざっとシャワーの湯を浴びせてから、甲斐甲斐しくボディソープでペニスを洗ってくれた。

その刺激にムクムクと回復しそうになったが、

「さあ、オシッコしなさい。中からも洗い流すから」

彼女が湯を浴びせてシャボンを落としながら言うので、紘夫は勃起を堪えて尿意を高めた。

ようやくチョロチョロと出すことが出来、何とか放尿を終えた。

美津江はもう一度湯で流すと屈み込み、まるで消毒でもするようにチロリと尿道口を舐めてくれた。

「あう……」

もう溜まらず、たちまちペニスはムクムクと急角度に勃起していった。

「すごいわ、何度でも出来そうね」

「美津江さんもオシッコしてみて」

目を見張る美津江に言い、紘夫は床に座ったまま目の前に彼女を立たせた。

そして片方の足を浮かせてバスタブのふちに乗せ、開いた股間に顔を埋めて舐めた。

「アア……」

彼女は喘ぎ、すぐにも新たな愛液を漏らしてきた。

柔肉の奥が迫り出し、温もりと味わいが変わったかと思うと、

「あう、出るわ……」

美津江が言うなり、チョロチョロと熱い流れがほとばしってきた。

それを舌に受けて味わい、喉に流し込んだ。味と匂いはやや濃く、その刺激がペニスに伝わって幹を震わせた。

勢いがつくと口から溢れた分が、心地よく身体を伝い流れてペニスを温かく浸してきた。

やがて流れが治まると彼は濡れた割れ目を舐め回し、残り香の中でクリトリスに吸い付いた。

「ま、待って、ベッドへ行きましょう……」

すると美津江が息を弾ませて言い、もう一度二人でシャワーを浴びた。

やはりアナルセックスで、それなりの快感は得たし、かねてから念願の体験で満足したようだが、まだ膣感覚で果てていないので欲望がくすぶっているのだろう。

気が急くように互いに身体を拭くと、すぐに二人で全裸のまま寝室のベッドへと戻った。

「ああ、嬉しいわ、こんなに勃って……」

彼が仰向けになると、美津江は言うなりペニスに顔を寄せ、熱い息を籠もらせて貪るようにしゃぶり付いてきた。

「アア……！」

紘夫は唐突な快感に喘ぎ、美熟女の温かく濡れた口の中でヒクヒクと幹を震わせた。

「ンン……」

美津江も先端が喉の奥にヌルッと触れるほど深く呑み込んで熱く鼻を鳴らし、執拗に舌をからめて唾液にまみれさせた。

そして何度か顔を上下させ、スポスポと摩擦してからスポンと引き抜き、

「いい……？」

言うなり身を起こして前進してきた。やはり早く正規の場所で一つになりたいのだろう。

仰向けの彼の股間に跨がると、唾液に濡れた先端に割れ目を擦り付け、位置を定めてゆっくり腰を沈み込ませていった。

たちまち屹立（きつりつ）したペニスがヌルヌルッと根元まで嵌まり込むと、

「ああ……、奥まで感じるわ……」

美津江が顔を仰け反らせて喘ぎ、やはりこっちの穴の方が良いと言う感じでキュッキュッと味わうように締め上げてきた。密着した股間をグリグリ擦り付け、身を重ねてくると彼も両膝を立てて豊満な尻を支え、下から両手でしがみついていった。

彼女が上からピッタリと唇を重ね、執拗に舌をからめながら、彼が好むのを知っているので生温かな唾液を注ぎ込んでくれた。

紘夫は小泡の多いトロリとした粘液を味わい、うっとりと喉を潤しながら、徐々にズンズンと股間を突き上げていった。

「アア、いい気持ち……」

美津江が口を離して喘ぎ、合わせて腰を遣うと、たちまち二人の動きがリズミカルに一致し、ピチャクチャと淫らな音を立てはじめた。

トロトロと溢れる愛液が陰嚢を濡らし、彼の肛門の方まで生温かく伝い流れてきた。

喘ぐ口に鼻を押し込んで、白粉臭の刺激ある吐息を胸いっぱいに嗅ぐと、美津江も彼の鼻にヌラヌラと舌を這わせてくれた。

「ああ、いきそう……」

心地よい肉襞の摩擦と唾液のヌメリ、艶めかしい息の匂いに高まりながら彼が口走ると、

「待って、もう少し……」

美津江が絶頂の大波を待つように息を詰めて言った。

さらに彼女が股間を擦り付けるように動かしながら、紘夫の胸に巨乳もグイグイと押しつけた。鼻の頭ばかりでなく、彼の頬にも舌を這わせて軽く髪、耳の穴まで舐めてくれた。

「あう……」

クチュクチュと湿った音をさせて舌が蠢くと、彼は何やら頭の中まで舐め回されている気分で絶頂を迫らせた。

「も、もうダメ、いく……」

美熟女による動きと舌の快感に、とうとう紘夫はひとたまりもなく口走るなり、大きな絶頂の渦に巻き込まれてしまった。

激しく股間を突き上げながら、ありったけの熱いザーメンをドクンドクンと勢いよく柔肉の奥にほとばしらせると、

「い、いっちゃう……、アアーッ……！」

噴出を感じた美津江も同時に声を上げ、ガクガクと狂おしいオルガスムスの痙攣を繰り返しはじめたのだった。

「ああ、気持ちいい……！」

紘夫も喘ぎながら摩擦の中で快感を噛み締め、最後の一滴まで出し尽くしていった。

果てた後も何度か動き続けたが、やがて力尽きてグッタリとなると、

「ああ……、気持ち良かったわ、すごく……」

美津江も満足げに声を洩らし、熟れ肌の硬直を解いて遠慮なく体重を預けてもたれかかってきた。

彼は重みと温もりを感じ、まだ名残惜しげな収縮を繰り返す膣内で、ヒクヒクと過敏に幹を跳ね上げた。

「ああ、まだ動いてるわ……」

美津江がキュッキュッと締め上げながら呟き、彼はかぐわしい吐息を嗅ぎながら、うっとりと快感の余韻に浸り込んでいったのだった。

やがて呼吸を整えると、美津江がそろそろと股間を引き離し、ティッシュで割れ目を処理しながら彼の股間に顔を寄せた。

そして愛液とザーメンにまみれているペニスにしゃぶり付き、舌で綺麗にしてくれたのである。

「あうう、も、もういいです、有難うございます……」

クチュクチュと舌を這わされ、紘夫はクネクネと過敏に腰をよじらせながら降参した。

すると彼女も満足して口を離し、再び添い寝して優しく腕枕してくれた。

「もう亜美とはしたの？」

「い、いえ……」

いきなり訊かれ、紘夫は戸惑いながら小さく答えた。

「そう。明日、私は一日じゅう夫の大学病院に行くし、亜美は何も用事がないようだから一人で家にいるわ」

それは、亜美として良いと言うことだろうか。

「あなたは優しいし上手だから、何も知らない亜美には最適だわ。将来どうするかは別として、亜美もあなたを好きなようだから、そろそろ体験させてあげてほしいの」

「はあ、亜美ちゃんは可愛いので僕も好きだけれど……」

「それならお願い。いちいち報告なんかしなくていいから。でも、私ともたまにこうして」

美津江が熟れ肌を密着させて言う。母娘で一人の男を味わうという、禁断でアブノーマルな感覚を、彼女は楽しんでいるようである。

確かに母親としては、変で危ない男にされて傷つくより、紘夫のような大人しく真面目なタイプの方が安心なのだろう。

「分かりました……」

紘夫は答え、やがてベッドを降りると、一緒にもう一度シャワーを浴びてから身繕いをした。

そして彼は吉沢家を辞して帰り、軽く夕食を済ませて帰省の予定などどうするか考えた。

それより明日亜美に会うため早寝しようと思い、ラインしようとしたら、タイミング良く彼女の方から電話があった。どうやら友人との夕食を終え、いま帰宅したらしい。

「明日の昼過ぎ、時間ありますか？」

「うん、大丈夫」

「うち、また私一人なので良かったら」

亜美がモジモジと言うので、もちろん紘夫も快諾して電話を切った。

そうなると彼も明日に期待し、興奮に寝つけないのを我慢しながら眠りに就いたのだった……。

——翌日、午前中はノンビリして冷凍物の昼食を済ませ、シャワーと歯磨きを終えると紘夫はハイツを出た。

吉沢家を訪ねると、すぐにも勢い込んで亜美が嬉しげに出迎えてくれた。

「お部屋に来て」

亜美が、ドアをロックして言うので、彼は考えていたことを口にした。

「あの、二階じゃなく、診察室なんてどうかな」

「え……、いいけど、色々いじったりしなければ……」

言うと亜美も驚いたように目を丸くし、やがて頷いてくれた。階下の方が、バスルームにも行きやすいと思ったのかも知れない。

二人で診察室に行くと、亜美がチラと検診台を見た。

「じゃ脱ごうか」

紘夫は言い、期待と興奮に胸を弾ませながら脱ぎはじめたのだった。

第六章　快楽三昧の日々よ

1

「じゃ、ここに座ってね」

診察室で互いに全裸になると、紘夫は検診台を差して亜美に言った。

「ああん、やっぱりこれに座るのね……」

亜美も覚悟していたように、羞じらいに声を震わせて言いながら検診台に腰かけていった。

仰向けに近い背もたれに横になると、彼は亜美の足首を掴み、左右の足乗せに置いてマジックテープで固定した。もちろん照明も、彼女の股間に向けられている。

「ああ、恥ずかしい……」

亜美は大股開きにさせられて言い、両手だけは自由なので顔を覆った。

紘夫は椅子に座って彼女の中心部に身を寄せたが、まずは爪先に鼻を押し当て、指の股の蒸れた匂いを貪った。

今日も午前中は買い物に出たり、部屋の掃除をして動き回り、そこは生ぬるい汗と脂に湿り、ムレムレの匂いが可愛らしく沁み付いていた。

彼は両足とも嗅いでから爪先をしゃぶり、桜貝のようなピンクの爪を舐め、全ての指の間に舌を割り込ませて味わった。

「アア、くすぐったいわ……」

亜美がクネクネと身悶えて喘ぎ、ようやく彼も脚の内側を舐め上げ、ムッチリした内腿をたどって中心部に迫った。

M字型に開いた脚が小刻みに震え、足首が固定されて閉じられないのと照明が当てられているので羞恥心は倍加しているようだ。

ぷっくりした丘に煙る若草が彼の息にそよぎ、はみ出した陰唇も僅かに開いて濡れた膣口と光沢あるクリトリスが覗いていた。

紘夫はじっくり目を凝らしてから顔を埋め込み、柔らかな若草に鼻を擦りつけて嗅いだ。

今日も隅々には生ぬるく蒸れた汗とオシッコの匂い、それにほのかなチーズ臭も混じって鼻腔を刺激してきた。

「いい匂い」

「あん……」

執拗に嗅ぎながら言うと、亜美が内腿を震わせて喘いだ。

彼は胸を満たしながら舌を挿し入れ、快楽を覚えはじめた膣口の襞を掻き回すと、淡い酸味のヌメリが溢れてきた。

やはり美津江に似て濡れやすく、膣感覚にもすぐ目覚めることだろう。

クリトリスまで舐め上げていくと、

「ああッ……、いい気持ち……」

亜美がビクッと反応して喘ぎ、新たな蜜を漏らしはじめた。

彼はチロチロと舌先でクリトリスを刺激しては、新鮮な蜜を舐め取り、味と匂いを堪能した。

そして丸見えになっている尻の谷間にも鼻を埋め、可憐な薄桃色の蕾にも鼻を埋め、蒸れた匂いを貪った。

舌を這わせ、細かに震える襞を充分に濡らしてからヌルッと潜り込ませ、滑らかな粘膜を探ると、

「あう……！」

亜美が呻き、キュッと肛門で舌先を締め付けてきた。

紘夫は内部で舌を蠢かせ、微妙に甘苦い粘膜を舐め回してから、再びクリトリスに戻っていった。

「い、いきそうよ……、ベッドの方へ……！」

亜美もすっかり高まったように声を震わせ、身悶えて検診台を軋ませた。

恐らく彼が来るのを待ちわび、すっかり期待と興奮を高めていたのだろう。

「待ってね」

紘夫は椅子から立って答え、まだ検診台に寝ている彼女の乳首にチュッと吸い付き、顔中で張りのある膨らみを味わいながら舌で転がした。

両の乳首を充分に舐めてから、腋の下にも鼻を埋め、生ぬるく甘ったるい汗の匂いで鼻腔を満たした。

「アア……、早く……」

亜美は悶えながらせがみ、ようやく彼も股間に戻って両足首の戒めを解いてやった。すぐに彼女も起き、一緒に診察ベッドに行くと、彼は仰向けになり屹立したペニスを突き出した。

亜美は屈み込むと肉棒の裏側を舐め上げ、粘液の滲んだ尿道口をしゃぶってからスッポリ呑み込んできた。

「ンン……」

熱く鼻を鳴らして吸い付き、息を股間に籠もらせながらクチュクチュと舌をからめ、生温かく清らかな唾液でペニスを濡らしてくれた。

「ああ、気持ちいい……」

紘夫も快感に喘ぎ、ズンズンと股間を突き上げ、美少女の唇で摩擦してもらった。

やがて充分に高まると、彼は亜美の手を握って引っ張り上げた。

彼女も素直にベッドに乗ってペニスに跨がり、自分から割れ目にペニスを受け入れていった。腰を沈めてヌルヌルッと根元まで嵌め込むと、

「アアッ……、いいわ……」

亜美が顔を仰け反らせて喘ぎ、座り込んでピッタリと股間を密着させた。

彼も締め付けと温もり、肉襞の摩擦と潤いを感じながら快感を噛み締めた。

紘夫は両手を伸ばして亜美を引き寄せ、両膝を立てて尻を支えながら抱き留めた。

まだ動かず、下から唇を重ねて舌を潜り込ませ、滑らかな歯並びと八重歯を舐めると、彼女もチロチロと舌をからめてきた。

生温かな唾液に濡れた美少女の舌が滑らかに蠢き、彼は滴る唾液を吸って酔いしれた。

そしてズンズンと小刻みに股間を突き上げはじめると、

「ああ……、もっと……」

亜美が口を離して喘ぎ、自分からも腰を遣った。

「もう痛くない？」

「ええ、何だか奥まで響いて、いい気持ち……」

訊くと亜美が答え、紘夫は美少女の甘酸っぱい吐息で鼻腔を刺激された。

「しゃぶって……」

果実臭の吐息に酔いしれながら鼻を押し付けると、亜美も舌を這わせ、惜しみなく愛らしい吐息を吐きかけてくれた。

「ああ、いい匂い……」

嗅ぎながら股間を突き上げると、亜美は恥じらうように息を震わせ、新たな愛液を漏らして律動を滑らかにさせた。

互いの動きも一致して股間がぶつかり合い、クチュクチュと湿った摩擦音が淫らに響いた。

「ああ……、何だか変、身体が浮かぶようだわ……」

亜美が自身の奥に芽生えた何かを探るように言い、収縮を活発にさせていった。紘夫ももう我慢できず、美少女の唾液と吐息を吸収しながら、肉襞の摩擦と締め付けの中で絶頂に達してしまった。

「く……！」

大きな快感に呻き、熱い大量のザーメンをドクンドクンと勢いよくほとばしらせると、

「あ、熱いわ、何これ……、アアーッ……！」

亜美が噴出を感じた途端に声を上げ、ガクガクと狂おしい痙攣を開始したのだった。どうやら、まだ本格的ではないにしろ、膣感覚による絶頂を感じたようである。

収縮が増すと、彼は駄目押しの快感に包まれて股間を突き上げ、心置きなく最後の一滴まで出し尽くしてしまった。

「ああ、良かった……」

彼は満足して声を洩らし、徐々に動きを弱めていった。

亜美も、いつしか肌の強ばりを解き、グッタリと彼にもたれかかっていた。

重なったまま、まだ膣内は収縮を繰り返し、刺激された幹がヒクヒクと過敏に内部で跳ね上がった。

そして紘夫はなおも美少女の口に鼻を擦りつけ、唾液のヌメリと甘酸っぱい吐息を貪って鼻腔を満たしながら、うっとりと快感の余韻に浸り込んでいったのだった。

「今のが、いくということなの……？」

亜美が息も絶えだえになって言い、いつまでもキュッキュッと膣内を締め上げていた。

「うん、もう完全に感じるようになったね。きっと次は、もっと本格的に気持ち良くなるよ」

紘夫も答え、互いに荒い息遣いを整えると身を離し、全裸のまま一緒に母屋のバスルームへと移動していった。

そこで美少女のオシッコを味わい、二回目は亜美の部屋のベッドでしようと思うと、すぐにも彼自身はムクムクと回復していったのだった。

2

「明日帰省することにしたわ。これ実家の住所と地図。出来れば冬休み中に友恵さんと一緒に来て」

翌日、紘夫の部屋に明日香が来て言い、メモを渡してきた。

「うん、あまり当てにしないでほしい。本人も外出は好きじゃないし、僕も香織さんも賛成しかねているんだ」

彼は答え、それよりも明日香が来たことで淫気に股間が熱くなってきた。

「そう、じゃ当てにしないで待ってるわね」

明日香もあっさり答え、気持ちを切り替えたように熱っぽい眼差しを向けてきた。やはり彼女も期待に股間を疼かせて来たのだろう。

「じゃ脱ごうか」

彼が促すと、明日香もすぐ服を脱ぎはじめていった。

先に紘夫が全裸になり、ベッドに仰向けになると、彼女も手早く一糸まとわぬ姿になり、引き締まった肉体を息づかせて迫った。

「もうこんなに……」

言って熱い視線を注ぎながら勃起した先端に屈み込み、幹に指を添えて亀頭をしゃぶりはじめた。

熱い息が股間に籠もり、明日香は滑らかに舌を蠢かせて亀頭を唾液にまみれさせ、スッポリと喉の奥まで呑み込んだ。

「ああ……」

紘夫は快感に喘ぎ、美女の口の中でヒクヒクと幹を震わせた。

明日香は顔を上下させ、濡れた口でスポスポと強烈な摩擦を繰り返し、たっぷりと唾液にまみれさせるとスポンと口を離した。

添い寝してきたので仰向けにさせてのしかかり、彼は明日香の左右の乳首を味わい、張りのある膨らみの感触を味わった。

もちろん腕を差し上げ、ジットリ湿った腋の下にも鼻を埋め込み、生ぬるく甘ったるい汗の匂いも貪った。

そして肌を舐め降り、足裏にも舌を這わせ、指の股に籠もった蒸れた匂いを嗅ぎ、汗と脂の湿り気を味わった。

「アア……、いい気持ち……」

明日香も受け身に徹し、身を投げ出して喘いだ。

紘夫は両足とも味と匂いを貪り尽くし、股を開かせて脚の内側を舐め上げていった。

ムッチリと張りのある内腿をたどり、熱気と湿り気の籠もる股間に迫ると、はみ出した陰唇はすでにヌラヌラと熱い愛液に潤っていた。

恥毛の丘に鼻を擦りつけて嗅ぐと、今日も蒸れた汗とオシッコの匂いが馥郁と沁み付き、悩ましく鼻腔を掻き回してきた。

舌を挿し入れると淡い酸味のヌメリが迎え、彼は膣口の襞をクチュクチュ掻き回し、柔肉を味わって大きめのクリトリスまで舐め上げていった。

「アアッ……、もっと……！」

明日香が喘ぎ、内腿でキュッときつく彼の両頰を挟み付けてきた。

紘夫は味と匂いを堪能し、彼女の両脚を浮かせて尻の谷間にも迫った。

レモンの先のように僅かに突き出た蕾に鼻を埋め、蒸れた匂いで鼻腔を刺激されてから、舌を這わせてヌルッと潜り込ませた。

「あう……」

明日香が呻き、肛門できつく舌先を締め付けてきた。

彼は滑らかな粘膜を探り、脚を下ろして再びクリトリスに戻っていった。

「アア……、入れて、お願い……」

すると明日香が言って寝返りを打ち、四つん這いになって尻を突き出してきた。彼も身を起こして膝を突き、股間を進めてバックから先端を割れ目に擦り付けた。

充分に潤いを与えてから膣口に挿入し、ヌルヌルッと一気に根元まで押し込んでいくと、

「ああ……、いいわ……！」

明日香が顔を伏せて喘ぎ、尻をくねらせながらキュッときつく締め付けた。

紘夫も肉襞の摩擦と温もりを味わい、股間に密着して弾む尻の感触に陶然となった。

白い背に覆いかぶさり、両脇から回した手で乳房を揉みながら腰を前後させはじめると、明日香も合わせて動いた。たちまち二人の律動がリズミカルに一致して滑らかになり、クチュクチュと湿った摩擦音が聞こえてきた。

しかし、やはりここで果てるのはあまりに惜しく、途中で彼は動きを止めて身を起こし、ヌルッと引き抜いた。

「あう……」

快楽を中断された明日香が呻き、紘夫は彼女を横向きにさせ、上の脚を真上に差し上げた。そして下の内腿に跨がって再び挿入し、上の脚に両手でしがみついた。

「アア、感じる……」

明日香も松葉くずしの体位に熱く喘ぎ、彼も勢いを付けて腰を突き動かしはじめた。互いの股間が交差しているので密着感も高まり、割れ目が真空状態になって吸い付いた。

膣内の感触のみならず、擦れ合う内腿の感触も素晴らしく、彼はジワジワと高まっていった。

しかしまだ果てるには物足りず、彼は再びペニスを引き抜いて明日香を仰向けにさせると、今度は正常位で挿入していった。

「ああ、もう抜かないで……」

身を重ねると、明日香が言って下から激しくしがみついてきた。

紘夫は胸で乳房を押しつぶし、最初から激しく腰を突き動かし、上からピッタリと唇を重ねていった。

「ンンッ……！」

明日香も熱く鼻を鳴らして舌をからめ、ズンズンと股間を突き上げてきた。

膣内の収縮が高まり、愛液が大洪水になると、

「アア、いきそう……」

明日香が口を離して喘いだ。

紘夫はその口に鼻を押し込み、濃厚なシナモン臭の刺激を含んだ吐息で胸を満たし、うっとりと酔いしれた。唇に鼻を擦りつけると唾液の匂いも混じり、彼は急激に高まった。

もう紘夫も抜くつもりはなく、このまま肉襞の摩擦と、唾液と吐息の匂いを貪りながらフィニッシュを目指した。

すると、先に明日香がガクガクとオルガスムスの痙攣を開始したのだ。

「い、いっちゃう、気持ちいいわ……、アアーッ……!」

声を上げて身を仰け反らせ、まるでブリッジするように腰を跳ね上げた。

小柄な紘夫は上下しながら、暴れ馬にしがみつく思いで腰の動きを合わせて絶頂に達してしまった。

「く……!」

突き上がる大きな快感に呻きながら、熱い大量のザーメンをドクンドクンと勢いよくほとばしらせ、柔肉の奥を直撃した。

「ヒッ、すごい……！」

噴出を感じた明日香は、駄目押しの快感に息を呑んで収縮を強めた。

彼は股間をぶつけるように激しく動きながら快感を噛み締め、心置きなく最後の一滴まで出し尽くしていった。

すっかり満足しながら動きを止めていくと、

「アア……、すごかったわ、今までで一番……」

明日香も硬直を解いて声を洩らし、グッタリと四肢を投げ出していった。

紘夫は遠慮なく、頑丈な明日香に体重を預け、まだ息づいている膣内に刺激され、ヒクヒクと過敏に幹を跳ね上げた。

そして彼女の吐き出すかぐわしい息を胸いっぱいに嗅ぎながら、うっとりと快感の余韻を味わったのだった……。

3

「あれ？　香織先生、友恵さんは？」

翌日の昼過ぎ、香織のマンションを訪ねた紘夫は、友恵の姿が見えないので訊いてみた。

「いま近くにある、区立図書館に行っているわ。最近熱心に通って、うちの蔵書じゃ補いきれない分の読書をしているのよ。もともと頭がいい上に、まだここへ来て十日ばかりなのに、驚くほど多くの知識を詰め込んでいるわ」

「そう、行き帰りにナンパとかされないかな？」

「大丈夫よ。強いのだから」

「それもそうだね」

紘夫は答えた。今日は、別に彼は3Pを求めて来たのではなく、香織に頼みがあったのだった。

「それで、お願いがあるんですが」

「なに？」

香織も淫気を湧かせたように、レンズの奥の目をキラキラさせて訊いた。

「明日はせっかくのイヴだから、友恵さんを僕の部屋に泊めたいのだけど」

「そう、じゃ二人きりでゆっくり過ごすといいわ。帰ったら彼女に言っておくから」

「ええ、お願いします」

「それから彼女、一度深川へ行ってみたいと言っていたので、明日連れてってあげて。懐かしいと思うわ」

「分かりました」

香織も快諾してくれたので安心すると、やがて彼女は紘夫を寝室に招いた。

もちろん紘夫も淫気を湧かせ、互いに手早く脱ぎはじめた。

「三人も楽しかったけど、やっぱり秘め事は一対一に限るわね」

香織が見る見る白い肌を露わにしながら言うと、紘夫も実際その通りだと思った。

やはり3Pは、どこかスポーツっぽいお祭りのようなものだからたまにで良く、二人きりの密室の淫靡（いんび）さの方が彼は好きだった。

全裸になってベッドに横たわり、枕に沁み付いた匂いに酔いしれて勃起すると、香織も甘い匂いを揺らめかせて一糸まとわぬ姿になり、ベッドに上がってきた。

「夕方まで彼女は帰らないわ。どうして欲しい？」

香織が期待に頬を上気させて言うと、

「顔を踏んで……」

紘夫も自分の恥ずかしい要求に幹を震わせて答えた。

「いいわ、こう？」

すぐにも香織が彼の顔の横にスックと立ち、壁に手を付いて身体を支えながら、そっと足裏を顔に乗せてきてくれた。

「アア、気持ちいい……」

紘夫は感触にうっとりと喘ぎ、足裏に舌を這わせながら、形良く揃った足指に鼻を押し付けて嗅いだ。

今日も蒸れた匂いが悩ましく沁み付いて鼻腔が刺激され、彼は充分に嗅いでから指の股に舌を割り込ませ、汗と脂の湿り気を味わった。

「アア……」

香織も喘ぎ、バランスを崩すたびキュッと踏みつけてきた。

爪先をしゃぶり尽くすと足を交代してもらい、彼はそちらも味と匂いを貪り尽くしたのだった。

「跨いで……」

言うと香織も心得、すぐに彼の顔の左右に脚を置いて和式トイレスタイルでしゃがみ込んでくれた。

スラリと長い脚がM字になると、脹ら脛と太腿がムッチリと張り詰め、すでに濡れはじめている割れ目が鼻先に迫ってきた。

腰を抱き寄せ、黒々と艶のある茂みに鼻を擦りつけて嗅ぐと、やはり蒸れた汗とオシッコの匂いが濃く沁み付き、鼻腔を掻き回してきた。

舌を挿し入れ、淡い酸味のヌメリを探りながら膣口からクリトリスまで舐め上げていくと、

「アアッ……、いい気持ち……」

香織が熱く喘ぎ、新たな愛液をトロリと漏らしてきた。

紘夫は味と匂いを充分に堪能してから、尻の真下に潜り込み、豊満な双丘を顔中に受け止めた。

谷間の蕾に鼻を埋めて嗅ぐと、やはり蒸れた微香が籠もって鼻腔を刺激して

きた。彼は湿り気を吸収してから舌を這わせ、襞を濡らして潜り込ませ、ヌルッとした滑らかな粘膜を味わった。

「あう……」

香織が肛門で舌先を締め付けながら呻き、割れ目を息づかせた。

紘夫は出し入れするように舌を蠢かせ、やがて割れ目に戻って大洪水の愛液をすすり、クリトリスに吸い付いた。

「も、もういいわ……」

香織がしゃがみ込んでいられずに言い、股間を引き離して彼の上を移動していった。

大股開きになると香織は真ん中に腹這い、メガネ美女の顔が股間に迫った。

彼女は紘夫の両脚を浮かせ、まず尻の穴をチロチロと舐め回し、自分がされたようにヌルッと潜り込ませてくれた。

「く……」

彼は快感に呻き、モグモグと味わうように美女の舌先を肛門で締め付けた。

香織が熱い鼻息で陰嚢をくすぐりながら内部で舌を蠢かせると、中から刺激されたペニスがヒクヒクと上下に震えた。

ようやく脚が下ろされると、そのまま彼女は陰嚢を舐め回して睾丸を転がし袋全体を生温かな唾液にまみれさせた。

そして身を乗り出し、肉棒の裏側をゆっくり舐め上げると、

「アア……」

紘夫は幹を震わせて喘いだ。

香織は滑らかな舌で先端まで舐め、粘液の滲む尿道口をしゃぶり、丸く開いた口でスッポリと喉の奥まで呑み込んでいった。

熱い息が股間に籠もり、彼女は幹を締め付けて吸い、クチュクチュと舌をからめてくれた。

「ああ、気持ちいい……」

紘夫も高まりながら喘ぎ、快感に任せてズンズンと股間を突き上げると、

「ンン……」

喉の奥を突かれた香織が呻き、たっぷり唾液を出しながら顔を上下させ、スポスポと強烈な摩擦を繰り返してくれた。

「あう、いきそう……」

すっかり絶頂を迫らせた紘夫が呻くと、彼女もスポンと口を引き離して顔を上げ、身を起こして前進してきた。

「いい？　入れるわ」

香織も待ち切れないように言うなりペニスに跨がり、先端を膣口に受け入れながら腰を沈み込ませていった。

たちまち屹立したペニスがヌルヌルッと心地よい肉襞の摩擦を受けながら、根元まで嵌まり込んでピッタリと股間が密着した。

「アア……、いいわ、奥まで届く……」

香織が顔を仰け反らせて喘ぎ、味わうように締め付けてきた。

そして何度か股間を擦り付けると、ゆっくり身を重ねてきたので彼も僅かに両膝を立て、下から両手で抱き留めた。

紘夫は膣内の感触と温もりを味わいながら、潜り込むようにして香織の乳首に吸い付き、舌で転がした。

顔中で柔らかな膨らみを味わい、左右の乳首を交互に含んで舐め回し、もちろん腋の下にも鼻を埋め込み、生ぬるく甘ったるい汗の匂いでうっとりと胸を満たした。

すると香織が徐々に腰を動かし、彼も股間を突き上げると互いの動きが一致し、ピチャクチャと淫らな摩擦音が響いてきた。

「ああ、すぐいきそう……」

香織が熱く喘ぎ、上からピッタリと唇を重ねてきた。

ネットリと舌がからみつき、彼も生温かな唾液に濡れて滑らかに蠢く美女の舌を味わい、股間の突き上げを強めていった。

「アア……、いい気持ち……」

香織が淫らに唾液の糸を引き、口を離して喘ぐと、湿り気ある花粉臭の吐息が悩ましく彼の鼻腔を刺激した。

「唾を飲ませて……」

動きながら言うと、香織も形良い唇をすぼめ、白っぽく小泡の多い唾液をクチュッと吐き出してくれた。それを舌に受けて味わい、うっとりと喉を潤すと愛液も溢れて彼の肛門まで濡らしてきた。

「顔中ヌルヌルにして……」

さらにせがむと香織も大胆に舌を這わせ、彼の鼻の穴から鼻筋、頰から瞼、額から耳まで生温かな唾液にまみれさせてくれた。

「い、いく……！」

たちまち紘夫は、美女の唾液と吐息の匂い、締め付けと摩擦の中で口走り、そのまま昇り詰めてしまった。

「く……！」

大きな絶頂の快感に呻くと同時に、ありったけの熱いザーメンがドクンドクンと勢いよく膣内にほとばしった。

「い、いいわ……、アアーッ……！」

奥深い部分に噴出を感じると、彼女もオルガスムスのスイッチが入ったように声を上ずらせ、ガクガクと狂おしい痙攣を繰り返した。

高まる膣内の収縮の中、彼は心ゆくまで快感を噛み締め、最後の一滴まで出し尽くしていった。

満足しながら徐々に突き上げを弱めていくと、

「ああ……、すごい……」

香織も声を洩らし、呑み込むようにキュッキュッと締め上げながら肌の強ばりを解いていった。完全に互いの動きが止まっても、まだ名残惜しげな収縮が貪欲に続き、射精直後で過敏になった幹が刺激されて内部でヒクヒクと跳ね上がった。

「あう……」

香織も敏感になっているように呻き、やがてグッタリと遠慮なく体重を預けてきた。

彼は重みと温もりを受け止め、熱く湿り気ある花粉臭の吐息を嗅ぎながら、うっとりと快感の余韻に浸り込んでいったのだった……。

4

「ここが、私の生まれ育った深川……？」

翌日の午後、紘夫と一緒に深川に来た友恵は、驚いて声を洩らしながら周囲を見回した。

近代的な街にはクリスマスソングが流れ、店の前ではサンタがチラシを配っている。昔からあった大きな通りは残っているだろうが、友恵の知っている建物は悉く、辛うじて変更されていない地名で、どの辺りかと見当を付けるしかない。

仮に友恵の知っている人とすれ違ったとしても、七十五年も経っているのだから、互いに名乗らない限り気づくはずもなかった。

「あの焼け野原が、こんなに……」

友恵は、懐かしむでも悲しむでもなく、複雑な表情で町を見ながら歩いた。越中島から門前仲町へ向かい、富岡八幡宮と深川不動尊にお詣りしたが、これも友恵の知っている社ではない。

さらに清澄公園から深川江戸資料館も見てみたが、友恵はあまり興味がなさそうだった。結局町名も町並みも変わり、友恵の生まれ育った界隈には行き着けなかったのである。

それよりも変わりすぎて見知らぬ街に友恵は言葉少なになり、歩きすぎて疲れてもいけないので、日が傾きはじめた頃、隅田川を渡り人形町に行って和食屋で早めの夕食を済ませた。

そして日が没した頃には、本郷のハイツに戻ってきたのだった。

「疲れたかな？」

「いいえ、ご案内有難うございました」

言うと友恵は律儀に答え、紘夫はバスタブに湯を張りながら、先にシャワーを浴びて歯磨きと放尿を済ませた。

もちろん友恵の入浴は後回しで、彼は身体を拭くと待ち切れなかった思いで友恵をベッドに誘った。

やはり香織との３Ｐでは舞い上がり過ぎていたので、今夜は友恵と一対一でじっくり堪能したかった。

友恵も素直に服を脱ぎ、全裸でベッドに仰向けになった。

紘夫はのしかかり、薄桃色の乳首にチュッと吸い付き、舌で転がすと、

「アア……」

友恵が熱く喘ぎ、クネクネと身悶えはじめた。

何やら彼女は深刻そうに考え込んでいたようだったのだが、こうして反応があったので彼も安心して愛撫を続けた。

左右の乳首を順々に含んで舐め回し、張りのある膨らみに顔中を押し付けて柔らかな感触を味わい、腕を差し上げてジットリ湿った腋の下にも鼻を埋め込んで嗅いだ。

スベスベの腋には濃厚に甘ったるい汗の匂いが籠もり、彼は胸を満たしてから舌を這わせた。

「あう……」

友恵がくすぐったそうに呻き、彼の顔を脇に挟み付けた。

充分に嗅いでから滑らかな肌を舐め降り、腹の真ん中に移動して形良い臍を探り、張り詰めた下腹にも顔を押し付けて弾力を味わった。

そして腰から脚を舐め降り、足裏にも舌を這わせ、縮こまった指に鼻を割り込ませて嗅いだ。半日ばかり歩き回ったので、そこは汗と脂に生ぬるく湿り、蒸れた匂いが濃く沁み付いていた。

胸いっぱいに嗅いでから爪先をしゃぶり、両足とも全ての指の股にヌルッと

舌を挿し入れて味わうと、

「アアッ……」

友恵が喘ぎ、腰をよじって悶えた。

やがて股を開かせ、脚の内側を舐め上げて股間に迫った。

白くムッチリした内腿をたどって割れ目を見ると、はみ出した陰唇はヌラヌラと大量の蜜に潤っている。

柔らかな茂みに鼻を擦りつけて嗅ぐと、隅々には腋に似た甘ったるい汗の匂いと、ほんのり蒸れた残尿臭も混じって悩ましく鼻腔を刺激してきた。

彼は胸を満たしながら舌を挿し入れ、快楽を覚えはじめたばかりの膣口の襞をクチュクチュ掻き回し、淡い酸味のヌメリを味わいながらクリトリスまで舐め上げていった。

「ああ、いい気持ち……」

友恵が喘ぎ、内腿でキュッと彼の両頬を挟み付けてきた。

紘夫は味と匂いを堪能してから、彼女の両脚を浮かせて尻の谷間に鼻を埋め込んだ。

ピンクの蕾に籠もる蒸れた微香を貪ってから舌を這わせ、ヌルッと潜り込ませて滑らかな粘膜を探ると、

「く……」

友恵が呻き、肛門できつく舌先を締め付けた。

紘夫は舌を蠢かせてから脚を下ろし、再び新たな愛液に潤う割れ目を舐め回し、クリトリスに吸い付いた。

「も、もうダメです……」

すっかり高まった友恵が身を起こして言うので、彼も舌を引っ込めて入れ替わりに仰向けになっていった。

大股開きになると、すぐに友恵が腹這い股間に顔を埋めてきた。

陰嚢を舐めて睾丸を転がし、肉棒の裏側をたどって滑らかな舌を這わせた。

粘液の滲む尿道口を舐め回し、丸く開いた口でスッポリと喉の奥まで呑み込んでくると、

「ああ、気持ちいい……」

紘夫は快感に喘ぎ、心地よく温かな口腔でヒクヒクと幹を震わせた。

友恵も深々と含んで吸い付き、熱い鼻息で恥毛をくすぐりながらネットリと舌をからめてきた。

たちまち彼自身は生温かく清らかな唾液にまみれ、ジワジワと絶頂が迫ってきた。ズンズンと股間を突き上げると、

「ンン……」

喉の奥を突かれた友恵も熱く鼻を鳴らしながら、顔を上下させてすぽすぽと強烈な摩擦を繰り返してくれた。

「い、いきそう……」

紘夫が友恵の手を握って言うと、彼女もチュパッと口を離して顔を上げた。

「跨いで入れて」

彼がせがむと、すぐにも友恵は身を起こして前進し、彼の股間に跨がってきた。そして唾液に濡れた先端に割れ目を押し付け、息を詰めてゆっくりと腰を沈め、膣口に受け入れていった。

屹立したペニスがヌルヌルッと滑らかに根元まで嵌まり込むと、

「アアッ……！」

友恵がビクッと顔を仰け反らせて熱く喘ぎ、完全に座り込みピッタリと股間を密着させた。そしてすぐに身を重ねてきたので、彼も抱き留めながら両膝を立てて尻を支えた。

中は熱く濡れ、息づくような締め付けが彼自身を包み込んだ。

下から唇を重ね、柔らかな弾力と唾液の湿り気を味わいながら舌を這わせ、滑らかな歯並びを舐めると、彼女も舌を触れ合わせ、チロチロとからみつけてくれた。

生温かな唾液に濡れ、滑らかに蠢く舌を味わい、ズンズンと股間を突き上げはじめると、

「ああ……、いい気持ち……」

友恵が口を離して喘いだ。

熱く湿り気ある吐息は、胸が切なくなるほど甘酸っぱい芳香が含まれ、彼は鼻腔を刺激されながら突き上げを強めていった。

友恵も合わせて腰を遣い、溢れる愛液に互いの動きが滑らかになり、クチュクチュと湿った摩擦音が聞こえてきた。

いったん動くと快感に腰が止まらなくなり、彼は急激に絶頂を迫らせながら友恵のかぐわしい口に鼻を押し込み、悩ましい果実臭の吐息で胸を満たした。

「い、いく……！」

たちまち彼は絶頂に達し、大きな快感の中で口走った。同時にありったけの熱いザーメンがドクンドクンと勢いよく柔肉の奥にほとばしると、

「あ、熱いわ……、アアーッ……！」

噴出を感じた友恵も声を上げ、ガクガクと狂おしい痙攣を開始した。

どうやら初めて、膣感覚による大きなオルガスムスを得たようだった。

彼は収縮と摩擦の中で心ゆくまで快感を噛み締め、最後の一滴まで出し尽くしていった。

すっかり満足して徐々に動きを弱めていくと、

「ああ……」

彼女も声を洩らして全身の強ばりを解き、グッタリと力を抜いてもたれかかってきた。

紘夫は、まだ息づく膣内でヒクヒクと過敏に幹を震わせ、友恵の甘酸っぱい

吐息を嗅ぎながら、うっとりと快感の余韻を味わったのだった。

5

「じゃ、ここに立ってオシッコ出してね」

バスルームで身体を流してから、紘夫は床に座ったまま目の前に友恵を立たせて言った。

片方の足を浮かせてバスタブのふちに乗せ、開いた股間に顔を埋めると、もう濃厚だった匂いは薄れてしまったが、舐めると新たな愛液が舌の動きを滑らかにさせた。

「アア……、出ます……」

友恵も柔肉を蠢かせながら喘ぎ、間もなくチョロチョロと熱い流れがほとばしってきた。それを舌に受けて味わい、淡い匂いと味を堪能しながら喉に流し込んだ。

勢いが増すと口から溢れた分が胸から腹に温かく伝い流れ、ムクムクと回復してきたペニスが心地よく浸された。

「ああ……」

友恵は膝をガクガク震わせながら喘ぎ、やがて流れが治まった。

紘夫は余りの雫をすすり、悩ましい残り香の中で割れ目内部を舐め回した。

「も、もう……」

すると友恵が脚を下ろして言い、座り込んだので彼も支えながら、もう一度シャワーを浴び、彼女を湯に浸からしてやった。

自分は先にバスルームを出て身体を拭き、全裸のままベッドに横になって待った。

友恵は長いこと湯に浸かっていたが、やがて出て来たようだ。

そして身体と髪を拭きながら全裸で部屋に戻ってくると、紘夫はすぐにも彼女を抱き寄せた。

「こんなに勃っちゃった……」

甘えるように言って強ばりを突き出すと、友恵も指を這わせてくれ、

「お口でもいいですか」

言いながら屈み込み、先端に舌を這わせてきた。

やはりさっきの一度で、挿入はもうすっかり満足したのだろう。

紘夫も納得して身を投げ出し、彼女の愛撫を受け止めた。

友恵は喉の奥まで呑み込んで舌を這わせて吸い、顔を上下させスポスポとリズミカルに摩擦してくれた。

「ああ、気持ちいい、すぐいきそうだよ……」

紘夫も急激に高まって喘ぎ、小刻みに股間を突き上げて濃厚な摩擦に高まっていった。

友江も熱い息を弾ませて愛撫を続け、生温かな唾液で肉棒を濡らしながら摩擦と吸引を繰り返してくれた。

「い、いく……、ああ、気持ちいい……！」

たちまち昇り詰めた紘夫は声を上げ、快感に貫かれながら熱いザーメンをドクンドクンと勢いよくほとばしらせてしまった。

「ク……、ンン……」

喉の奥を直撃された友恵が熱く呻き、最後の一滴まで吸い出してくれた。

「アア……」

彼が満足げに声を洩らして身を投げ出すと、友恵も動きを止め、亀頭を含んだまま口に溜まったザーメンをコクンと一息に飲み干してくれた。

「あう……」

口腔がキュッと締まり、彼は駄目押しの快感に呻いて幹を震わせた。

ようやく口を離すと、友恵は幹をニギニギとしごきながら、尿道口に脹らむ余りの雫まで丁寧に舐め取ってくれた。

「あうう、も、もういい、有難う……」

紘夫は過敏に反応しながら言い、彼女を抱き寄せた。

友恵も添い寝し、腕枕してくれたので彼は甘えるように身を寄せ、荒い呼吸を繰り返した。そして彼女の甘酸っぱい吐息を嗅ぎながら、うっとりと余韻を味わったのだった。

やがて呼吸を整えると、友恵が身を起こしてベッドを降りた。

「あの、私が着ていた服は……」

「ああ、その押し入れの下にあるけど」

友恵が言うので教えると、彼女は押し入れを開け、紙袋に入っていた自分の服を取り出した。そして洗濯済みのシュミーズとブラウスを着て、ズロースとモンペを穿いた。

さらに、やはりそこにあったボロボロの紐で長い髪を束ねると、彼女は紘夫が最初に出会ったときの姿になった。

「どうして、その姿に？」

「私は、昭和二十年に帰ることにします」

「え……？」

「何だか帰れる気がするんです。私が落ちてきた場所へ連れて行って下さい」

友恵が言うので、彼も驚いて身を起こし、とにかく下着とシャツを着て、ジャージ上下を着込んだ。

「どうして帰りたいの、あんな辛い時代に」

「今日、復興した深川を見て、多くの人たちの大変な努力があったことを知りました。私だけ逃げ出したことを恥ずかしく思います」

「じゃ、慰安所に……？」

「もう何があっても平気です。好きな人に初物を捧げたのですから。それに半年足らず辛抱すれば兄が帰還するし、年が明ければ私も二十歳なのだからしっかりしないと」

友恵は、また数え年で言った。

「どうか、くれぐれも香織さんによろしくお伝え下さい。大変お世話になりましたって。それから薙刀の人たちにも」

友恵は言い、香織に買ってもらったバッグを机に置いて開いた。

「頂いた写真は置いていきます。どうせ兄が持って帰るものですから」

彼女は、家族四人の写真と、戦後働きはじめた背広姿の丑男のポートレートを出した。あとバッグの中は、ハンケチと僅かな化粧道具だ。

とにかく友恵は、現代のものは何一つ持たずにズック靴を履いた。

紘夫もコートを着て靴を履き、一緒にハイツを出た。

どうせ外を一回りし、過去へ戻れないと分かれば納得して彼と一緒に戻ることになるだろう。

外へ出ると暗い空に星もなく、寒風が吹いていた。

イヴの夜だから実に静かで、世間は家族や恋人と過ごしていることだろう。

「寒いだろう。このコートを」

「結構です。この程度の寒さなど大和魂でどうにでもなります。それに兵隊さんが苦労した北満やシベリヤに比べれば東京の冬など」

友恵が頰を引き締め、笑みを含んで言った。

やがて二人は、ハイツの前の裏路地、友恵が落ちてきた場所へと出た。

「ここですね」

「うん……」

彼は答え、ふと頰に冷たいものを感じて空を見上げた。すると、小雪がちらつきはじめているではないか。

「友恵さん、雪だよ、ほら」

紘夫が言って友恵の方を見ると、すでに彼女の姿は消え失せていた。

「え？　友恵……」

彼は驚いて言い、周囲を見回した。しかし、友恵の姿はどこにもなかったのである。

「そ、そんな……、帰ってしまったのか……」

紘夫は呟き、もう少し歩き回ったが友恵は見つからず、彼は空しく部屋に戻ってきた。

玄関には、香織に買ってもらった靴がある。そして部屋には、現代の下着類にソックス、ブラウスにスカート、コートなどがきちんと畳まれていた。

今日一日着ていたブラウスと下着だが、それを嗅いで抜くにはあまりに哀しくて寂しい。

ふと机を見ると、写真が置かれていた。

四人家族の写真は前のままだが、何と丑男のポートレートには、二十歳ばかりの友恵が並んで映っているではないか。

「あ、会えたんだ。兄さんに……」

彼は目を見張り、友恵は一体どのような戦後を生きたのだろうかと思った。生きていれば、いま九十三歳。

あれから慰安所で働いたのか、それはどうか分からないが、丑男と並んだ写真の友恵は笑顔で、実に幸せそうな表情をしているのが救いだった。

(会えるだろうか。僕のこと覚えているだろうか……)

そう思ったが、それならば友恵は、もっと早く紘夫に会いに来ていることだろう。

とにかく紘夫は明日にでも美津江に会いに行き、訊いてみようと思った。

友恵は美津江の大叔母に当たるから、丑男同様、今まで会ったり話をしたりしていたかも知れない。

あるいは、友恵は紘夫の子を宿したまま過去へ戻って産み、どこかに紘夫の子孫がいるのではないかと、そんな想像までしてしまった。

心の整理がついたら、香織にラインしなければならない。

そして北関東に帰省した明日香にも、友恵は故郷へ帰ってしまったことを知らせた方が良いだろう。

紘夫は寂しさに包まれながら、もう一度ハイツを出て周辺を歩き回ってみたが、粉雪と寒風の中、友恵の姿を見つけることは出来ず、家々からは団らんの灯りが洩れているだけだった。

部屋に戻り、バスルームを覗いてみたがほのかに甘い匂いが残っているだけで、湯船にも排水口にも彼女の長い髪などは残っていなかった。

紘夫は溜息をつき、今夜は何もする気にならず横になることにした。

そして友恵が今日一日中着ていた、下着とブラウスとソックスと一緒に寝て残り香の中で眠りに就いたのだった……。

〈了〉

この作品は、ジーウォーク「紅文庫」のために書下ろされました。

紅文庫

乙女(おとめ)のこころ 報国(ほうこく)のころ

睦月影郎(むつきかげろう)

2021年 1月 15日　第 1 刷発行

企画／松村由貴（大航海）
DTP／遠藤智子

編集人／田村耕士
発行人／日下部一成
発行所／ロングランドジェイ有限会社
発売元／株式会社ジーウォーク
〒 153-0051 東京都目黒区上目黒 1-16-8 Yファームビル 6 F
電話 03-6452-3118
FAX 03-6452-3110

印刷製本／中央精版印刷株式会社

ISBN978-4-86717-126-4

令嬢三姉妹
あるいは悪徳の誘惑
庵乃音人
Otohito Anno
ああああああ。
私には……主人が——
自分の知らない妻の顔に異常な興奮を覚え、
その触手は美人姉妹へと伸びていき……。
修はある日、義弟の聡史から、妻の梨花に誘われて男女の関係になったと告白された。しかも、梨花の乱れっぷりは半端なかったという。修は好奇心にかられ、隠れているから目の前で行為をするよう聡史に頼む。そこで見たのは、自分の知らない妻の顔だった。修はその姿に異常な興奮を覚え……。甘美なエクスタシス！
定価／本体720円＋税
紅文庫
最新刊